# Platônico

Ana Luiza Savioli

# Platônico

COLEÇÃO NOVOS TALENTOS DA LITERATURA BRASILEIRA

novo século®

São Paulo 2012

| | |
|---|---|
| PRODUÇÃO EDITORIAL | Filipe Nassar Larêdo |
| DIAGRAMAÇÃO | Francisco Martins |
| CAPA | Carlos Eduardo Gomes |
| PREPARAÇÃO DE TEXTO | Vanessa Rodrigues |
| REVISÃO | Amanda Leal |
| | Equipe Novo Século |

TEXTO DE ACORDO COM AS NORMAS DO NOVO ACORDO ORTOGRÁFICO DA LÍNGUA PORTUGUESA (DECRETO LEGISLATIVO Nº 54, DE 1995)

**DADOS INTERNACIONAIS DE CATALOGAÇÃO NA PUBLICAÇÃO (CIP)**
**(Câmara Brasileira do Livro, SP, Brasil)**

---

Savioli, Ana Luiza
Platônico / Ana Luiza Savioli. -- Barueri, SP : Novo Século Editora, 2012. -- (Coleção Novos Talentos da Literatura Brasileira)

1. Ficção Brasileira I. Título. II. Série.

12-08073 CDD-869.93

---

Índices para catálogo sistemático:
1. Ficção : Literatura brasileira 869.93

2012
IMPRESSO NO BRASIL
PRINTED IN BRAZIL
DIREITOS CEDIDOS PARA ESTA EDIÇÃO À
NOVO SÉCULO EDITORA LTDA.
CEA – Centro Empresarial Araguaia II
Alameda Araguaia, 2190 – 11º Andar
Bloco A – Conjunto 1111
CEP 06455-000 – Alphaville – SP
Tel. (11) 2321-5080 – Fax (11) 2321-5099
www.novoseculo.com.br
atendimento@novoseculo.com.br

Dedicatória

A Lucimar de Matos,
Por cada palavra das próximas páginas.

# SUMÁRIO

# Agradecimentos

Em algum lugar, ao lado dos grandes escritores, quem sabe conversando com Machado de Assis, Lucimar de Matos observa, sorrindo, porque nunca desistiu do sonho que alimentou em mim. Agradeço pela paciência, pelas correções, pelos ensinamentos eternos, pela confiança e pelo carinho. Uma gratidão tão grande que só caberia nas páginas de um livro.

Agradeço também a quem tornou isso possível quando capacidade e confiança não eram suficientes, quando foi preciso um empurrão a mais. Sou, portanto, eternamente grata a Maria Nanci Savioli e deixo a promessa de retribuir em dobro cada sacrifício feito.

À Editora Novo Século que acredita e aposta em quem aparece com um simples sonho e o torna realidade.

Devo citar, também, um grupo específico de más influências, sabiamente denominado "turma do fundão", que inclui Juliana Crucello, Lais Sidou, Luis Broleze, Natália Bruno, Igor de Queiroz e Larissa Bajay, com a agregação de Karina Lyomi. Esses riram e animaram meus dias, e serviram de inspiração em incontáveis momentos. São as personagens da minha vida.

Um agradecimento especial a Juliana Helena Costa Smetana, a primeira pessoa a ler esta história e com quem mais aprendi nestes tempos. Um enorme obrigada pela orientação e pela confiança.

E a surpresa fica no agradecimento à família de TA, da sala de 2008, com quem vivi tantas histórias, passadas para o papel ou não, ou mesmo os amigos encontrados nas turmas de 2006 até 2011.

E, é claro, um obrigada a todos os professores que tanto admiro, e que tanto me ensinaram e contribuíram em tantos aspectos da minha vida. A cada um que um dia teve algo a ensinar, a cada um que um dia ousou sair do tema e proporcionar pensamento crítico, a cada um que foi mais que professor, a todos os companheiros, meu enorme agradecimento por fazer parte do que sou hoje. Em especial, obrigada por um ensinamento que quero deixar para todos que leram esta história, e que jamais perderá seu significado especial: *Força sempre*!

# Prólogo

A história toda ainda parece um grande ponto de interrogação.

Sejamos filósofos ou pensadores, sejamos professores ou alunos, todos somos apenas humanos, cujas vivências determinaram aquilo em que nossas vidas se baseiam e o que é importante para cada um. Se é a filosofia, se é a carreira, se é a família ou se são os números e os cálculos frios.

E, por isso, esta história ainda me parece um enorme ponto de interrogação. Porque as vivências e tudo que havia guiado Henrique até aquele momento não condizem com suas reações aos fatos decorridos.

Para que tudo possa fazer um mínimo de sentido, devo começar dizendo que Henrique foi meu professor de Filosofia durante o Ensino Médio. E, para quem ensina uma matéria tão rejeitada, até que era levado bem a sério.

Aconteceu de Sophia ser minha amiga, por acasos do destino que de nada valeria mencionar. Os relatos, aqui expostos, foram feitos por quem acha que a história dos dois não merece passar em branco, como se nunca tivesse acontecido. Muitas coisas – diria que a maioria – foram descritas como as imaginei terem acontecido, pois não as presenciei e Sophia se recusou a dar detalhes.

O ponto de vista é de Henrique. E o motivo é simples. Sophia nunca escondeu seus sentimentos. Mas, Henrique foi e é um mar de confusão, tormenta e dúvidas. Então, prefiro tentar explicar aquele que nunca se fez entender. E os sentimentos dele? Eu os adivinho. Tudo aqui é palpite meu. Henrique, por fora, nunca demonstrou mais do que ironia e frieza. Por dentro, gosto de pensar, que era fraco.

Sintam-se convidados, no entanto, a tentar compreender a história toda dos mais variados pontos de vista. Aliás, se me permitem, devo incitá-los a isso. Afinal, caso não tivesse sido contada a versão de Henrique, todos ainda o considerariam um criminoso sujo e insano. Mas, ao analisar os fatos por sua perspectiva, dificilmente o considerarão culpado por seus crimes confessos.

Preferi me ocultar nessa história, portanto não direi qual das personagens sou. E antes de qualquer coisa, sintam-se avisados: a realidade é tão amarga quanto pode parecer.

# Capítulo 1

# Um simples erro

Em nossa escola havia um clube de filosofia fundado e regido por Henrique. No começo, cheio de ideias utópicas, ele espalhava cartazes convidando os alunos para discussões capazes de confundir a mente de qualquer um. Depois de três semanas, com apenas cinco alunos na mesa-redonda, ele começou a economizar o dinheiro do xerox dos cartazes, já que os que ali estavam não precisavam de convites para aparecer.

Era de se esperar, no entanto, que Henrique tivesse muito mais adeptos no clube de filosofia, já que nove em cada dez meninas não dispensavam uma desculpa para ficar perto dele. Seria isso que teria acontecido – garotas do colégio todo ao seu redor e ignorando suas discussões – se ele não tivesse avisado que seriam avaliadas pelas conclusões de cada reunião?

É claro que Sophia estava lá.

Os motivos eram muitos. Gostava da matéria, gostava da forma com que Henrique levava tudo isso a sério, admirava as respostas irônicas que o professor lançava aos alunos, e tinha uma enorme vontade de conversar com ele. Simplesmente conversar. Passar horas discutindo sobre tudo.

Sophia era como uma irmã mais velha, do tipo que dá orgulho, do tipo que você quer ser quando crescer, ainda que tenham a mesma idade. Lembro que ela já sabia o que queria da vida numa época em que as meninas ainda querem ser professoras ou bailarinas. E eu sentia que ela podia ser tudo o que quisesse. E, talvez, por tudo isso, ela admirasse tanto Henrique, de forma tão diferente das outras meninas de nossa idade. Eles conversavam sobre a vida, sobre política, até sobre a bolsa de valores se fosse conveniente. Tinha a impressão de que a beleza tão farta, que cansava a vista de quem olhava para Henrique, simplesmente não chegava aos olhos de Sophia.

– É uma questão de educação – dizia Henrique, com um sorriso que instigava. – As pessoas tratam bem aqueles de quem não gostam para parecerem mais educadas, enquanto, secretamente, pensam em maneiras cruéis de matar o outro. Eu prefiro chamar a educação de hipocrisia. Acho que estou velho demais para me importar.

Henrique continuou sorrindo, e o fazia na maioria das vezes. Ainda que fosse um homem bastante sério, predominava a ironia em seu comportamento. Gostou de observar as reações dos cinco que estavam na mesa-redonda de filosofia. Já não mais discutiam assuntos muito tensos. Agora apenas relaxavam e esperavam o horário de sair.

– É uma tendência normal do ser humano proteger quem ama e ignorar quem odeia – disse Sophia, concordando.

– E o pior é que falando assim parece tudo muito simples – disse Felipe, um dos garotos da turma de Sophia. Ele arrumou os óculos de aros grossos sobre o nariz e então continuou. – Na maioria das vezes, com as pessoas que realmente importam, as que incomodam, não se sabe se amamos ou odiamos.

A frase de Felipe ecoou na cabeça de Henrique, não havia sombra de dúvidas disso. Mas, naquele momento, ele simplesmente riu.

– Acho que está exagerando, Felipe. Nada precisa ser tão complicado. A vida, como já dissemos aqui, é simples – disse Henrique.

O garoto ia esboçar uma palavra, mas acabou sem dizer nada. Conteve-se no último momento, e Henrique entendeu que era porque estava prestes a discordar. Os alunos tinham certo medo em ir contra sua opinião. Não sabia se era porque consideravam que ele estava sempre certo ou por medo de uma resposta seca ou irônica demais.

– Pode falar, Felipe.

– Acho que o que ele quer dizer – começou Sophia, atraindo a atenção, quando Felipe simplesmente deu de ombros – é que qualquer um que diga isso não viveu o suficiente.

*Todos* tinham medo de contrariá-lo, exceto Sophia.

– Acho que tenho pelo menos o dobro da sua idade – ele respondeu, quase ofensivo.

– E é isso que mais impressiona. Talvez seja pela sua facilidade em separar os alunos em bons ou ruins – coisa que ninguém discordava, nem ele –, mas pelo menos eu, como opinião pessoal, rotulo menos e observo mais, e sempre vai haver diferentes traços que eu posso amar ou odiar numa mesma pessoa.

– É uma visão bastante aberta, concordo – disse Henrique. – Mas não há como simplesmente amar e odiar alguém.

– Eu amo suas aulas de Filosofia. Odiava suas aulas de Matemática – disse Lucas, um garoto sentado mais ao fundo.

Lucas era a prova viva da inteligência de Henrique, pois havia tido aula de Matemática com ele em outro colégio. Henrique havia se formado e lecionado em duas áreas completamente diferentes, com a mesma qualidade e interesse. Lia mais que os professores de português. Participava de mais fóruns de Matemática que os professores da matéria.

– Estourou o motim da mesa-redonda – disse Henrique, abrindo os braços e então riu, satisfeito com seus alunos.

E assim, o último sinal do dia tocou. Ele esperou o barulho da sirene passar para agradecer a presença de todos e se despedir. Sophia, no entanto, ficou, nem fez menção de sair. Henrique não se impressionou.

– Estou realmente feliz com o rumo que esse grupo está tomando – disse Henrique, quando os demais já haviam saído e ele estava acabando de guardar seu material de professor. – Estão começando a contestar.

– Vai dizer que disse aquilo só para nos testar? – desafiou Sophia.

– Não, eu realmente acredito que é muito simples decidir se amo ou odeio alguém. Claro que há muitos sentimentos no meio do caminho, mas os extremos são opostos demais para se misturarem.

Sophia deu de ombros.

– Se você diz.

– Ora, não comece a concordar comigo – ele mandou, sorrindo. Tinha um sorriso absurdamente bonito. – Você é diferente justamente por contestar.

– Ah, claro! – ela riu, levantando-se com a mochila nas costas. – E você é diferente justamente por ser o maior cabeça-dura que esse mundo já viu.

– Você deve contestar, eu também.

– "Não concordo com uma palavra do que está dizendo...

– ... mas defenderei até a morte seu direito de dizer o que pensa." – completou Henrique, bastante satisfeito.

– Voltaire – ela terminou. – Seu antepassado, muito provavelmente.

Henrique riu e também carregou sua bolsa com seu notebook. Os dois saíram da sala, certos de que se viam como amigos.

Ele achava que Sophia superava a própria idade. De corpo, nada mais que uma menina de dezessete anos, com seus cabelos negros, lisos na raiz, com ondas grandes do meio para o fim. Olhos tão verdes quanto era possível e o rosto pálido o suficiente para que ganhasse o apelido de "fantasminha camarada" no primeiro ano. Havia tido alguns namorados, pelo que ele se lembrava, e sabia – ou pelo menos percebera – que Lucas era completamente apaixonado por ela. Era uma garota cheia de vida, inteligente, que ele admirava e com quem gostava de conversar.

Talvez – e ele já tinha pensado nisso várias vezes – ela fosse uma mulher presa num corpo de menina. Sua aluna favorita sem sombra de dúvidas.

Talvez Henrique a levasse tão a sério que disso derivou uma confiança grande demais.

Ainda naquela noite, Henrique rumou para seu carro, enfiando primeiro sua maleta no banco de trás. Sentou-se no banco do motorista e olhou o espelho retrovisor, por instinto, já que quase sempre tinha de arrumá-lo depois que sua mulher usava o carro. Então enfiou a chave no contato e girou, primeiro só o suficiente para abrir o vidro, pois fazia muito calor. Então colocou o cinto e girou a chave por completo.

Tentou fazer o carro pegar por cerca de dez segundos, até que finalmente se deu por vencido. Eram nove da noite. Que diabo de oficina mecânica estaria aberta até aquela hora?

Xingou mentalmente e deu um chute na roda do carro quando saiu. Tirou o celular do bolso e discou para casa. A mulher atendeu rapidamente.

– Susan, o carro quebrou. Não tem como eu voltar, então vou dormir num hotel por aqui.

– Alguma coisa séria com o carro?

– Não sei, só vou saber amanhã. Não é a bateria, os vidros funcionam.

– Ok. Até amanhã, então. E um beijo de boa-noite.

– Um beijo. – Ele sorriu, dessa vez não ironicamente. – Te amo. – E desligou o telefone.

Sophia passava por ali naquele momento, andando com Lucas até a saída. Ela se deteve quando viu o professor tirando sua maleta do carro para, em seguida, trancá-lo.

– Lucas, me espere lá fora, sim? – ela pediu, e o garoto prontamente obedeceu. Ela andou até Henrique como quem não queria nada. – Problemas?

– O carro não pega. Vou precisar dormir num hotel por aqui. – Ele passou a mão pelo cabelo castanho-escuro, e então esfregou os olhos, nitidamente cansado. – Mas que inferno.

– Eu te convidaria para uma estadia grátis, com direito a café da manhã no meu apartamento, se isso não fosse ilegal na maioria dos países.

Sophia morava num apartamento ao lado do colégio, pois estudava até de noite e era muito cansativo chegar em casa depois das dez. Os pais, claramente muito ricos, concordaram sem pensar duas vezes. Já pagavam o colégio mais caro disponível, que diferença faria mais um apartamento?

Ele começou a rir sonoramente, e mais ainda quando ela retribuiu.

– Não é ilegal que eu durma na casa de uma menor – ele disse. – Mas isso não torna a situação menos absurda. Vou procurar um lugar com poucas pulgas e paredes grossas, obrigado, Sophia.

– Se precisar, quinto andar, apartamento 51.

– Vou lembrar. Nome de pinga.

Sophia riu e o deixou para encontrar Lucas na saída da escola. Ia acompanhá-lo até o ponto de ônibus.

O que aconteceu foi que, quando Henrique tirou seu cartão de crédito para pagar adiantado o único motel num raio de três quilômetros, a mulher se apressou em dizer que não aceitava cartão.

– Como é possível que não aceite cartão?

– Ninguém gosta de pagar motel com coisas que vem com suas compras listadas no final do mês, na sua conta.

Henrique bufou e alisou o cavanhaque. Viu uma mulher loira com atributos falsamente fartos sorrindo para ele da sala da recepção. Ignorou.

– Sabe onde tem um caixa eletrônico por aqui?

– Claro. No supermercado.

– Qual?

– Aquele que fica na Avenida Constantino.

– Ah, claro. Muito obrigado.

Extremamente irritado, Henrique saiu do motel xingando a mulher. Na Avenida Constantino havia pelo menos oito hotéis e motéis muito mais decentes do que aquela espelunca, que certamente aceitariam todos os tipos de cartões já criados pelo homem. Se tivesse condições de ir até lá – cerca de cinco quilômetros de onde estava, sem um tostão para ônibus – não teria tentado aquele ninho de pulgas.

Sem saber o que fazer, e já considerando dormir no carro, passou em frente ao prédio de Sophia.

Ficou algum tempo ponderando a possibilidade e, no começo, considerou-a absurda. Mas, novamente, Henrique considerava Sophia muito mais adulta do que era. Talvez soubesse levar aquilo com racionalidade, talvez soubesse entender que ele não queria se aproveitar e, mesmo, soubesse guardar segredo. Apesar de saber que seria impensável que ele pudesse seduzir uma aluna, preferia não arriscar que os demais pensassem diferente.

Henrique entrou no prédio de Sophia após vinte minutos parado, analisando a possibilidade. O porteiro prontamente anunciou seu nome para ela. Cara de pau era extremamente necessária naquele momento. Chegava a estar envergonhado de pedir para dormir na casa de uma aluna. Por segundos, desejou que ela não permitisse sua entrada, para dar as costas e sumir dali, mas o porteiro o liberou.

Nesse momento, caro leitor, seria conveniente pensar fora do ponto de vista de Henrique.

Sophia era uma aluna com quem Henrique passava horas de seus dias. Uma dessas garotas que ilumina o ambiente em que está. Seria errado de minha parte dizer que ele gostou da ideia? Que, internamente, aboliu qualquer outra opção, até que não visse solução para o dito problema? Não digo que foi proposital. Afinal, se tivesse sido, a história tomaria um rumo completamente diferente daqui em diante. Mas, lá no subconsciente, havia uma voz dentro de Henrique sussurrando, que dizia ser interessante passar uma noite sob o mesmo teto que Sophia, uma aluna de dezessete anos. Era a mesma voz que leva as pessoas a cometerem os piores erros de suas vidas.

Ela abriu a porta rapidamente. O apartamento era bastante pequeno, uma quitinete dividida em sala e quarto por um armário que ia até o teto. Não se surpreendeu ao ver que ela tinha vários livros abertos sobre uma mesa.

– Não aceitam cartão de crédito naquela porcaria – ele explicou, sem jeito. – Eu sei que perguntou brincando, mas será que...

– Claro, professor, não se preocupe. E eu não perguntei brincando. – Ela deu passagem para que ele entrasse. – Foi professor de Matemática, certo? Meu preço é me ajudar com a lista de Geometria Analítica.

Ele colocou a maleta sobre uma das cadeiras e se sentou, olhando para a lista.

– Qual exercício?

– Podemos começar pelo primeiro – ela riu.

Eles foram dormir por volta da meia-noite. Henrique foi obrigado a dormir com a roupa do corpo, apesar de ter pensado em tirar a camisa pelo calor. Ela escolheu sabiamente um camisetão que não chamaria a atenção nem de Lucas. E eles, recatados, dormiram separados por um guarda-roupa. Ele na sala, no sofá-cama, e ela em sua cama, no quarto.

Quando Henrique acordou, imediatamente procurou pelo relógio. Estava acostumado a ouvir o próprio despertador, mas naquela manhã, simplesmente acordou.

Na parede, um relógio roxo indicava pouco mais de duas horas além do que planejava acordar. Queria ir para casa, tomar um banho e trocar de roupa, antes de voltar para o colégio para dar aula.

Levantou-se num pulo e xingou por ter se atrasado. Viu que Sophia não estava na cama.

"Ela foi para aula e sequer me acordou!". Ele xingou novamente e correu para o banheiro, abrindo a porta de uma só vez.

Sophia gritou para dentro, o que soou mais como um suspiro muito rápido. Nua, ela se apressou em entrar no box de vidro esfumaçado, mais rápido do que pensara ser capaz. Henrique fechou a porta, absurdamente assustado, só a tempo de ouvir um enorme estrondo lá dentro.

– Sophia? – ele gritou, atrás da porta.

– Ai! – ela gemeu em resposta.

Ficou sem saber o que fazer. Ela claramente havia caído no movimento rápido de se esconder, no piso molhado do banho recém-tomado. Devia entrar e ajudá-la? E assim piorar tudo?

– Sophia, está bem?

– Acho que não consigo levantar – ela disse lá dentro, com a voz chorosa de dor.

Só faltava ela ter quebrado uma perna. Isso seria uma grande evidência para o fato de ter dormido lá, pois precisaria levá-la ao hospital.

– Eu vou entrar – ele avisou. – Vou tapar os olhos.

Henrique abriu a porta com uma das mãos, enquanto a outra cobria a visão. Ele tateou o lugar até chegar ao box, sem saber exatamente como faria para levantá-la.

– Tem uma toalha a sua direita – explicou Sophia.

Henrique puxou a toalha e a estendeu à sua frente, sem enxergar nada. Sophia a puxou de sua mão. Ele esperou até que ela permitisse que abrisse os olhos.

– Desculpe, Sophia, eu estava atrasado, achei que já tinha ido para escola.

– Aquele relógio está duas horas adiantado – ela explicou. – Acordei com o seu despertador – ela gemeu de dor.

Ele sentiu o estômago queimar numa raiva instantânea que chegou e se foi na mesma velocidade. Por que raios a garota mantinha um relógio duas horas adiantado?

– Quebrou alguma coisa?

– Acho que não. Mas dói muito.

Ele se curvou e a ajudou a se levantar. Ela se preocupou em segurar a toalha, mas naquela posição confusa, caída, havia coberto apenas a parte da frente, e só foi conseguir se cobrir direito quando estava de pé e era tarde demais.

Era incalculável o número de pensamentos de culpa e autoaversão que se apoderavam de Henrique. Logo ele, que nunca tinha olhado direito para Sophia. Que se lhe perguntassem como ela era, diria simplesmente “cabelos escuros, olhos verdes”. Era só isso que lhe vinha à cabeça quanto à Sophia. Mas agora lhe vinham muitas outras coisas.

Os seios, num formato não tão adulto, ainda por terminarem de crescer, apesar de já relativamente grandes. A pele branca, lisa, uniforme. A cintura fina, numa silhueta não muito agressivamente bonita, mas delicada. Aquela beleza tão jovem, ainda molhada do banho, segurando-se nele e mancando, separados por uma toalha que ameaçava cair.

– Segure a toalha – ele mandou.

Ela segurou firme e então quase gritou de susto quando ele a pegou no colo. Isso facilitou muito a movimentação e agora, com facilidade, conseguia levá-la até a cama, onde a deitou com cuidado para que a toalha não saísse do lugar.

– Desculpe, Sophia, nem sei o que dizer.

Ela sorriu e ele percebeu que suas bochechas haviam corado.

– Tudo bem. Quantas meninas não morreriam para estar no meu lugar?

Ele sentou-se ao pé da cama e tocou o pé que já estava inchado. Ela o recolheu num reflexo e gemeu de dor.

– Pode até ter bastante menina que gostaria de estar no seu lugar. Mas você não é uma delas.

Ela fechou um dos olhos, expressando a dor contida, então esticou a perna de novo e ele voltou a segurar seu tornozelo inchado.

– Não está quebrado.

– Como pode saber?

– Quando você puxou, moveu o pé inteiro.

– Não, quero dizer, como pode saber que eu não sou uma delas?

Ele claramente não esperava que ela fosse dar atenção a essa frase.

– Não parece ser. – Ele tentou mover o tornozelo dela lentamente. – Vamos ter de ir ao hospital.

– Pode pegar algumas roupas para mim? Segunda porta do guarda-roupa.

Ele foi até lá e ela lhe indicou uma camiseta e um short – que era mais fácil de vestir com o pé machucado. Sentiu-se constrangido por pegar suas roupas íntimas.

Ela parecia plenamente capaz de se vestir sozinha, então Henrique simplesmente esperou na saleta, sentado no sofá, até que ela o chamasse para ajudá-la a descer. No meio do caminho do elevador, ele se lembrou do carro quebrado.

– Sophia, vou ter que chamar uma ambulância para te levar. O carro não funciona, só lembrei agora.

Ele a ajudou a sentar-se na recepção do prédio e discou para a ambulância.

– Se importa se eu for embora? – ele perguntou. – Preciso dar um jeito no carro. A ambulância já vem.

– Não, tudo bem. Obrigada.

– Por quase quebrar seu pé? De nada. – Ele riu e deixou o lugar.

Muitas coisas aconteceriam depois disso. Coisas que derivariam desse fato simples, desse erro estúpido. Um mero acidente que mudaria para sempre a vida de ambos em mais aspectos do que se poderia esperar. Não somente pelo sentimento de nojo que Henrique criou de si mesmo pelos pensamentos turvos em torno de Sophia e a sua falta de roupas, mas pelo tornozelo em si, torcido e denunciando um mal que crescia na menina.

# Capítulo 2

# A questão de um milhão de erros

Quando Henrique chegou em casa – depois de uma hora esperando um mecânico trocar qualquer peça do carro –, sua esposa ainda se arrumava para ir trabalhar. A filha, Clara, estava sentada na sala esperando para ser levada para escola e deu oi para o pai sem sair do lugar. Ela tinha dezessete anos e era filha única, apesar de Henrique ter desejado ter mais filhos. É que Susan não gostara muito da ideia. Talvez pelos problemas que teve na primeira gravidez. Não tinha sido precoce, mas também não tinha sido planejada. Ainda não estavam casados, mas o casamento já estava acertado.

Entrou no quarto a tempo de ver a esposa colocar uma camisa rosa bebê. Abraçou-a e lhe deu um beijo apaixonado.

–Vou tomar um banho – ele avisou, e entrou no banheiro.

O que acontecera era um desses fatos constrangedores que o cérebro insiste em manter vivo na cabeça. Ele fechava os punhos e se chamava de idiota toda vez que lembrava. Fora rápido, mas não o suficiente para que não a visse. Decidiu que ia passar no hospital antes de ir para escola. Ia dar aula só no segundo horário.

Pensou em falar para a esposa tudo que tinha acontecido. E isso ficou em sua garganta por um tempo, com certeza. Tinha uma ótima relação com ela, ia entender. Jamais pensaria que tinha sido de propósito ou qualquer coisa assim.

Mas não falou, e não soube o porquê.

Quando chegou ao hospital, o enfermeiro lhe perguntou se era pai da garota. Após negar, foi impedido de ir até ela.

– Ela já vai sair. O pé já está sendo imobilizado. Estamos chamando os pais dela aqui – ele disse.

– Os pais? Eu posso levá-la para casa, sem problemas. Ela me conhece, apenas pergunte.

– O médico quer conversar com os pais.

Henrique não entendeu exatamente por que, mas devia ser simples rotina, afinal Sophia não era maior de idade. Talvez tivessem de assinar alguma coisa.

Deixou o hospital e voltou para o colégio.

Na primeira aula, ouviu algumas meninas falando sobre Sophia, perguntando-se onde ela estaria. A garota nunca faltava nas aulas, também por morar muito próxima ao colégio. Mas preferiu não dizer nada, apenas ouvir os comentários.

– Eu a vi sair com o Lucas ontem à noite – disse uma das meninas. – Será que ela finalmente...?

Henrique achou impressionante que as pessoas tecessem comentários maldosos a respeito de Sophia. E, de qualquer forma, mesmo que ela tivesse saído com Lucas, namorado Lucas, ou qualquer outra coisa, o que aquelas meninas fofoqueiras tinham a ver com isso?

Quando se deu por si, defendendo Sophia mentalmente, tirou o assunto da cabeça e riu quando Lucas entrou na sala e foi alvo de milhões de perguntas.

Depois de dez minutos a partir do começo da aula, alguns alunos bateram na porta, ofegantes.

– Podemos entrar? Estávamos falando sobre o projeto de Biologia desse ano.

– Não – respondeu Henrique, sem sequer olhar para eles.

– Mas nós estávamos...

– Não – repetiu, virando-se na direção dos garotos. – Acredito que estejam mais interessados na presença do que na aula em si. E eu já fiz chamada.

– Merda.

– Diretoria.

– O quê?

– Palavreado impróprio na sala de aula. Diretoria – explicou Henrique, quase sorrindo.

– Mas nós nem estávamos em aula!

– Mas estão na sala. Diretoria.

– Está brincando!

– Se quiserem acreditar nisso... – Henrique deu de ombros e sorriu para eles.

Os garotos deram as costas e saíram. Ouviu-se ainda um sonoro "filho da puta" pelo corredor.

– Eu ouvi isso! – riu Henrique, gritando pela porta.

A sala também riu, apesar de claramente não ter gostado daquela atitude. Não que Henrique realmente se importasse com a opinião de alguém. Não era um professor muito adorado. De fato, a maioria certamente o considerava muito cheio de si.

Mais tarde, após a quarta aula da manhã, Henrique passou pelo corredor principal em direção aos primeiros anos, quando viu um acúmulo de garotas ao redor do banco em frente à tesouraria. Subiu uma grande rampa, continuando seu caminho, e lá de cima, conseguiu ver Sophia no meio daquela confusão, com uma muleta apoiada no banco ao lado. Que história ela estava inventando para os demais?

E foi só no fim do dia, depois de mais uma reunião do clube de filosofia, que Sophia finalmente falou com ele a sós de novo.

– Eu fui até o hospital, mas não me deixaram entrar – ele disse, guardando o material.

– É, tinha que ser meus responsáveis. Mas deu tempo de pensar em alguma coisa. Não foi tão difícil, na verdade, eu disse que tinha escorregado no banho, só não disse por quê.

– Quanto a isso, Sophia, eu...

– Está tudo bem – ela disse, enfática. – De verdade, está tudo bem.

– Eu não devia ter dormido no seu apartamento.

– Eu te convidei, não se preocupe.

– Não significa que devia ter aceitado. Eu devia, sei lá, ter andado até outro hotel.

– Àquela hora da noite? Iam te assaltar.

– Não que eu tivesse dinheiro de verdade na carteira.

– É, e eles costumam ser violentos com quem não dá logo algum dinheiro.

– De qualquer forma...

– Foi um acidente – ela o interrompeu. – Pare de se culpar tanto. Ou me ver nua foi tão ruim assim?

Essas palavras fizeram seu corpo nu voltar à mente de Henrique com uma precisão assustadora.

– Não! Quer dizer... eu... – não sabia qual seria a resposta certa para isso. – Não gostei de ter te visto nua, foi uma situação desnecessária, eu poderia ser preso por isso, mas você é bonita, de qualquer forma. – Tentou arrumar a frase, mas no fim achou que só estava piorando tudo.

Ela sorriu com isso e tentou botar a mochila nas costas.

– Não vou te denunciar, então relaxa. Fui eu quem torceu o pé, fui eu que você viu nua, e eu estou dizendo que está tudo bem.

Henrique a ajudou a se apoiar direito na muleta e tirou a mochila das costas dela, se oferecendo para carregá-la.

– Obrigado, Sophia.

Surpreendeu-se consigo mesmo. Até mesmo ajudá-la a se levantar causava-lhe sensações estranhas.

E é importante não confundir sensações com sentimentos, pois não havia sentimento algum a não ser respeito. O problema era que Sophia era demasiado bonita. E seu corpo havia sido demasiado exposto. E agora Henrique se sentia o pior dos homens.

– Eu é que agradeço, professor.

Eles saíram lado a lado, ele carregando a mochila dela, ela de muletas, mancando e indo tão devagar quanto possível, pela dor que devia sentir. Na porta da escola ele olhou pros lados, procurando alguém para ajudá-la a ir até o apartamento.

– Lucas já foi – ela disse, como que adivinhando os pensamentos dele. – Acho que já temos intimidade para que me ajude só até a porta, certo?

– Ainda de manhã te vi nua por pelo menos dois segundos – ele entrou na brincadeira. – É, acho que posso te acompanhar.

E assim ele carregou a mochila dela até a porta do apartamento, equilibrando-a quando quase caiu nas escadas para entrar no prédio. Ela se apoiou na parede e abriu a fechadura, recusando a ajuda dele. Então ele entrou, colocou a mochila sobre a mesa e voltou para a porta.

Ela deu um beijo de despedida nele. Ele ficou olhando para o rosto pálido dela, aparentemente mais pálido que o normal. O verde dos olhos refletia a luz do corredor do prédio. Imaginou-se beijando-a. Imaginou que seus lábios grossos deviam ser extremamente macios e úmidos. Lembrou-se dela nua, lembrou-se de sua timidez, das bochechas rosadas, da pressa em cobrir o corpo já totalmente exposto e da sensação de carregá-la envolta numa toalha molhada.

Quis se enfiar numa cela de cadeia e engolir a chave. Quis morrer das piores formas possíveis. Pegar uma corda e se dependurar pelo pescoço num ventilador de teto.

– Até amanhã, Sophia.

– Até amanhã, Henrique.

Ele deu as costas e ia sair, mas ela o chamou de volta.

–Você gostou?

Ele fez uma expressão de quem não havia entendido nada.

– Gostou do que viu?

Ela nem corava para perguntar isso. Podia ter certeza que ele mesmo estava mais envergonhado que ela.

– Sophia, você tem dezessete anos.

– Não perguntei minha idade, professor.

– Por que pergunta isso? Que tipo de resposta devo dar? Se disser que não, achará que é feia. Se disser que sim, pensará que sou um pedófilo.

– Eu jamais pensaria que é um pedófilo. Sei que foi um acidente e que não *queria* o que aconteceu, não se preocupe.

Parcialmente irritado pelo constrangimento, Henrique não foi doce na resposta.

– Prefiro não responder. Boa noite, Sophia.

E saiu.

# Capítulo 3

# Briga casual

Naquela noite, Henrique teve uma discussão com a mulher. Não é possível dizer por quê, nem o que foi dito, então prefiro dar uma livre interpretação. Porque ela faz sentido e porque os acontecimentos posteriores indicam que a probabilidade de o motivo da briga ter sido o que vou descrever é muito grande.

Quando Henrique chegou em casa, abraçou a filha e lhe perguntou como tinha sido seu dia. No meio da resposta – qualquer coisa sobre uma professora ter faltado – ele imaginou como reagiria se um professor de quarenta anos tivesse tido com Clara o contato que ele tivera com Sophia. Provavelmente o espancaria até que seu rosto virasse uma geleia disforme. E isso só o deixava mais rancoroso e culpado.

Mais tarde, depois do jantar, Clara tinha ido fazer suas lições de casa. A mulher se aproximou dele, sentado na sala, e ele soube que não vinha coisa boa. Conhecia-a há dezesseis anos, era muito fácil prever quando uma discussão começaria. E, como Sophia havia dito, ele era o homem mais cabeça-dura do mundo.

– Henri, precisamos conversar.

Nada estava errado. Eles estavam bem, se tratavam bem, ele a amava. Mas sempre havia algo para se conversar. Casualmente, Susan reclamava de algo.

– Pode falar.

– Acho que estamos caindo na rotina.

Henrique riu, um riso irônico e de poucos amigos. Como ela conseguia levar esse assunto tão a sério? Como ela conseguia fazer disso algo a ser discutido?

– Estamos casados há dezesseis anos.

– Isso significa que o amor precisa acabar?

– Ninguém está dizendo que o amor acabou, eu só não tenho idade para ficar inovando e te trazendo buquês uma vez por semana como quando estava grávida.

– Acha que é uma questão de idade?

– Susan, eu te amo, estou dizendo isso, digo isso todos os dias.

– Se palavras bastassem, eu teria me casado com um dicionário.

Henrique torceu a boca num sorriso contido com todas as suas forças. Por essas respostas é que Henrique se apaixonara e se apaixonava todos os dias por ela.

– Sabe o que traria novos ares para nosso casamento? Um bebê.

Susan se levantou do sofá irritada e deu uma risada sarcástica, quase nervosa.

– E de novo com essa história de ter filhos. Não foi você que quase abortou, não foi você que passou por todos os problemas que eu passei.

– Eu estava do seu lado em todos eles. Eu sofri em todos eles. Não a dor física, mas o sentimento foi o mesmo que o seu.

– Se fosse não estaria me pedindo para engravidar de novo.

Só Henrique sabia o quanto queria que, eventualmente, o anticoncepcional dela falhasse. Assim eles não teriam escolha.

– Susan, pense... um bebê! Não foi maravilhoso ver Clara crescer? Não foi ótimo ter uma menininha com orelhinhas de coelho voltando da escola na páscoa?

– Foi maravilhoso e único. Não precisa se repetir. Estamos velhos demais.

– Tenho quarenta, você tem trinta e sete, não é tarde! Ainda...

– Henrique, se insistir nessa ideia, vai ter de achar outra esposa que aceite essa maluquice.

E dizendo isso, ela saiu da sala, deixando-o nervoso e frustrado.

Henrique deu aula como se os alunos nem estivessem na sala. Falou, escreveu, passou textos e distribuiu broncas gratuitas. Sempre acabava levando os sentimentos para o trabalho e, quando não estava de bom humor, os alunos costumavam pagar por isso.

Em determinada hora do dia, durante uma das aulas, Henrique virou-se na direção da sala pela primeira vez e apontou para uma fileira.

– A segunda fileira. Pode sair inteira.

Os alunos se entreolharam, sem entender.

– Por quê?

– Ouvi alguém conversando e não sei quem é. Então vai sair todo mundo para eu não ter que apontar culpados.

– Isso é um absurdo! – protestou um aluno.

– Bem, se quem estava conversando se prontificar a sair, os outros podem ficar.

– Era ele! – o mesmo aluno que protestara apontou para um colega duas carteiras para trás.

– Filho da puta! – reclamou o acusado.

– Isso, agora além de sair, também vai para Diretoria por palavreado impróprio. Tchau – disse Henrique.

– Mas não era eu! – defendeu-se o menino.

– Mas falou palavrão, então vai para Diretoria e pronto. Saia já.

Henrique estava assustadoramente nervoso.

Pensou em cancelar o clube de filosofia naquele dia, mas acabou indo de qualquer forma. Os mesmos cinco alunos presentes, prontos para discutir sobre as ideias de Platão do mundo ideal, e ele querendo quebrar alguma coisa para extravasar sua raiva.

Acabou deixando os cinco conversarem livremente enquanto ele próprio só se intrometia para discordar ou dar respostas sarcásticas. Mesmo para Sophia. Não poupou ninguém. E tão logo o sinal bateu, arrumou o material e ignorou que Sophia continuava sentada. Ia sair rapidamente quando ela o chamou.

– Aconteceu alguma coisa?

Ele coçou a sobrancelha, irritado, então se virou na direção dela, olhando aqueles olhos verdes tão claros. Quase perdeu a irritação.

– Não, nada.

– Deixe-me corrigir a pergunta. O que aconteceu?

– Já disse. Não aconteceu nada.

Sophia enfiou o último caderno na mochila e levantou. Foi até ele mancando com a muleta, apesar de já conseguir apoiar o pé no chão.

– Entendo que não queira me dizer. Mas negando assim parece só uma criança mimada.

Henrique torceu o rosto, desgostoso, mas só até perceber que com isso parecia ainda mais infantil. Então baixou os olhos, envergonhado.

– Tive uma briga com a minha esposa. Não é nada de mais.

– Ok. Espero que fique bem. Vocês dois. – Deu-lhe um beijo no rosto, como despedida, e saiu.

Ainda naquele dia, quando Henrique chegou em casa, a esposa o esperava tão emburrada quanto ele próprio estava antes. Mas a raiva tinha passado com as palavras de Sophia. Não que tivesse dito alguma coisa, mas ela o fizera ver o quanto tinha guardado de rancor o dia todo, inutilmente. Então, ao ver Susan lavando louças na cozinha, abraçou-a por trás, beijou-lhe a nuca e pediu desculpas em seu ouvido. Ela murmurou qualquer coisa e virou-se na direção dele, abraçando-o. Era mais do que suficiente para compreenderem que ele havia se dado por vencido. Não haveria um segundo filho.

# Capítulo 4

# Simples amor platônico

– O mundo das ideias de Platão. Onde paramos ontem? – perguntou Henrique, bem-humorado e cheio das piadas. – Tenho certeza de ter ouvido Lucas falar algo sobre amor platônico.

Lucas se encolheu em seu lugar, e tentou evitar olhar para Sophia, o que fez Henrique rir.

– Eu discordo da ideia de amor platônico – disse Felipe, ignorando a provocação para Lucas. – As pessoas relacionam o amor impossível ao amor que Platão idealizou, mas, na verdade, não tem nada a ver uma coisa com a outra.

– Você está certo e errado, Felipe – disse Henrique. – Quanto ao erro em relacionar amor impossível ao amor platônico, está certo. Porém, o que é chamado atualmente "amor platônico" não é exatamente um amor impossível.

– É um amor casto. Livre de desejos. Que se autossustenta – disse Sophia.

George, um garoto dos cabelos negros e compridos, que cantava numa banda estudantil, refletiu alguns segundos e então ergueu a mão. – Um amor unilateral que não precisa ser completo – disse George. – A pessoa se sente feliz simplesmente amando, mesmo sem ser amada.

– Enquanto que o amor que Platão visualizou era baseado na falta. Na falta de uma verdade que era encontrada na outra pessoa. E, então, o ser estaria completo, por assim dizer – explicou Henrique.

– Ao contrário da paixão – disse Sophia –, que Platão diz estar restrita ao mundo das sombras.

O mundo das sombras de Platão, que era basicamente o nosso mundo, limitado a projetar imagens distorcidas das coisas efetivamente perfeitas, que, na verdade, estão no plano das ideias.

– Eu vos desafio – disse Henrique – a definir amor platônico. O que é para vocês?

– Amor platônico é amar sem precisar ser amado. – disse George.

Felipe foi o segundo a erguer a mão.

– Amor platônico é como *walkie-talkie*.

Os outros riram e ele riu junto. Então explicou:

– É à distância. E não funciona ao mesmo tempo.

Lucas sorriu e olhou para Sophia antes de falar. Ela não percebeu, mas Henrique sim.

– Amor platônico é cuidar de uma flor sabendo que ela nunca vai te dizer obrigada. Mas você continua cuidando dela mesmo assim.

– Bonito – admitiu Henrique. – Sophia?

Ela deu de ombros.

– Não sei, na verdade.

– Nenhuma ideia?

– O conceito é mais fácil para quem efetivamente sente – disse Lucas, de olhos caídos.

– Bem, para mim, amor platônico é admirar à distância porque de perto é proibido – disse Henrique, rindo.

– Que frase de pedófilo – riu Fernando, outro aluno, dos cabelos castanhos.

– Não, é uma frase de *potencial* pedófilo – defendeu-se Henrique, brincando.

O sinal bateu, interrompendo algo que Lucas ia dizer. Quando o barulho terminou, ele fingiu que não ia dizer nada e se calou, arrumando o material.

Depois que todos tinham saído, e só restavam Sophia e Henrique na sala, ele arrumando o material e ela tentando se apoiar nas muletas, Henrique sorriu para ela, internamente grato por tê-lo ajudado, ainda que sem perceber. Queria agradecer, mas não sabia como.

– Sophia, ontem eu... – ele pensou bem no que ia dizer. Não queria se aprofundar demais dizendo quais eram os problemas que tinha com a esposa. – Queria te agradecer por ter me ajudado.

Ela sorriu com aqueles olhões verdes sem fim.

– Ajudei? – e riu. – Que bom. Não fazia ideia disso.

– Ajudou mais do que imagina.

Ela apenas sorriu em resposta, e se apoiou na cadeira para colocar a mochila nas costas. Quase caiu, não fosse Henrique, que a segurou imediatamente, quase abraçando-a. Sentiu como se a abraçasse nua novamente, já que conhecia aquele corpo sem roupas. Sabia demais sobre ela, e isso lhe torturava.

Tirava-lhe a sanidade.

Ela ergueu o rosto para ele, e então se ajeitou, afastando-se, mas não muito. Apenas até ter equilíbrio sem depender do apoio do professor.

– Eu estava pensando... O que acontece quando um amor platônico se realiza?

Ele piscou, respirou fundo, então entendeu e riu.

– Isso é sobre o Lucas?

Ela sorriu junto do riso dele.

– Faria o garoto muito feliz – disse Henrique.

Ele pensou sobre isso. Pensou sobre Sophia, toda aquela beleza, aquele jeito de mulher, aquele corpo – principalmente aquele corpo. Tudo aquilo nos braços de Lucas. Era mais do que o garoto merecia. Era mais do que a maioria dos adolescentes merecia.

– Tenho medo de decepcioná-lo – confessou Sophia, sem mudar muito sua expressão singelamente feliz.

–Você? O garoto é que deveria se preocupar com isso.

– Ele espera muito de mim. Todos esperam.

Henrique não sabia bem o que pensar disso. Não compreendia Sophia tão bem para saber o que pensar.

– O que quer dizer?

– Todos gostam de me ver como adulta, como uma pessoa alheia às futilidades da adolescência. Sabe, às vezes, eu até bebo – ela riu. – Tenho uma garrafa de vinho na geladeira do apartamento, mas não conta para ninguém. – Ela piscou e começou a rir.

Henrique ficou mais impressionado do que se mostrou.

–Você é uma pessoa madura, isso é indiscutível.

– Sou uma adolescente de dezessete anos, e não importa como eu aja, não gosto que esperem que eu seja muito mais do que sou de verdade.

Às vezes Henrique precisava se lembrar que ela tinha mesmo dezessete anos. Que era só uma criança. Uma garotinha.

– Ok, você ganhou. E eu sou um moralista que não concorda que tenha álcool no seu apartamento.

– Apareça lá um dia e podemos acabar com esse álcool malvado.

Henrique pensou duas vezes antes de responder aquilo. Porque não sabia como entender. Para sua sorte, ela o livrou disso, fazendo-o se sentir culpado por ter imaginado um convite naquelas palavras.

– Como se você não bebesse – ela disse, rapidamente, provavelmente tentando consertar a situação estranha.

– Eu tenho quarenta anos.

– E eu sou madura. Não sou? Faço dezoito no fim do ano, e todos me consideram uma mulher em corpo de menina. Acho que posso beber vinho de vez em quando.

– E você é?

- O quê?

Henrique engoliu em seco, de repente desconfortável com aquela conversa, mas seguiu em frente com ela.

– Uma mulher em corpo de menina?

Sophia piscou algumas vezes. Seu sorriso era de quem não acreditava no que estava ouvindo, na expressão reprimida do professor. Ele se sentiu infantil perto dela.

–Você já viu meu corpo. Diria que é de uma menina?

Ele engoliu as palavras e engasgou com elas. A imagem voltou à sua mente, poderosa, em câmera lenta, com a culpa aumentando a cada segundo.

– Sophia, é melhor não falarmos mais desse episódio. – Fingiu estar irritado, e não desconfortável e envergonhado como estava.

- Ok. – Sorriu. – Talvez eu dê uma chance ao Lucas. Talvez eu me dê uma chance com ele.

Aquele rapaz ia ser a criatura mais feliz desse planeta. Ia ter Sophia. Ia ter aquele corpo pra ele, ia ter o amor dela.

Henrique não tinha a menor dúvida de que se tivesse a idade dela, seria completamente apaixonado por Sophia.

– Se você gosta dele, deve mesmo.

– Eu não gosto. Quer dizer, eu gosto dele, mas não o amo, claro. Na verdade, nunca amei ninguém. Ninguém que eu pudesse amar. – Olhou para o relógio. – Está tarde, tenho que ir pra casa. Até amanhã, professor.

Ela deu-lhe um beijo de despedida e mancou para fora da sala. Mas parecia que sua presença continuava ali, como um eco eterno, ressoando nas paredes, vibrando, viva, mexendo com tudo que achava certo.

# Capítulo 5

# Simples adoecer

Parte dos acontecimentos seguintes foi Sophia quem me contou, eufórica, tão logo aconteceram. Outra parte só descobri muito depois, já que dependeu de Henrique contar a Sophia, e ela contar sua versão para mim.

Talvez tenha sido o dia, a conversa, talvez tenha sido o excesso de café ou talvez precisasse de óculos. O fato é que Henrique teve uma severa dor de cabeça naquele dia.

Em casa, foi até uma gaveta de remédios que utilizava pouco. Era raro que tivesse qualquer problema de saúde. A última gripe tivera há mais de um ano e o remédio ainda estava na gaveta. Dois comprimidos haviam sido o suficiente na época, então a cartela ainda estava cheia.

Aliás, a gaveta tinha muitos remédios que não via há tempos.

Procurou por qualquer analgésico, tendo que olhar no verso para verificar o nome deles. Encontrou um remédio marcado com os dias da semana em cada verso de unidade de comprimido e viu que era o anticoncepcional da esposa. Não tinha um único, estava completamente vazio.

Havia acabado no dia anterior, imaginou, e ela ainda não fora comprar outra cartela.

Claro que o uso dos medicamentos por quase dezesseis anos (no princípio ele usava camisinha, e só depois de dois anos optaram pelo contraceptivo) não permitiria uma gravidez por perder um único dia. Ou pelo menos ele imaginava que não. Ou talvez ela se esquecesse, achasse que estaria tudo bem e não estava.

Sentiu-se mal por pensar em "enganá-la". Aproveitar que ela não tinha tomado o anticoncepcional para tentar ter um filho. Mas não resistiu a essa ideia.

E para sua surpresa, ela não negou a *tentativa*, não pareceu sequer pensar duas vezes com medo da possibilidade de engravidar. A noite toda ele pensou sobre isso. A noite toda pensou que talvez ela tivesse cedido. Ficou feliz, e acabou dormindo com um sorriso no rosto. Talvez sua esposa estivesse grávida depois de hoje. Talvez tivesse a oportunidade de criar outro bebê.

Duas semanas se passaram depois disso.

Era uma sexta-feira, chovia torrencialmente. Passava das nove da noite. Ele ainda estava no colégio, pegando as provas que tinha para corrigir no armário da sala dos professores. Já tinha se despedido de Sophia, pois ela avisara que ia pegar ônibus para casa dos pais. Era a última sexta-feira do mês, e tinha esse costume.

Lucas e ela haviam começado algo parecido com um relacionamento. Pelo menos os via juntos com bastante frequência. Mas o que ela havia dito ainda estava em sua memória. Nunca amara ninguém, mas já tivera alguns namorados. Sophia era tão alheia ao resto do mundo que não era sequer passível de se apaixonar por meros mortais?

De qualquer forma, o garoto parecia feliz, e agora o tempo que ela passava a sós com ele depois das reuniões do clube de filosofia haviam diminuído consideravelmente.

E pensando na felicidade de Lucas, Henrique se pegou pensando em algo que ele sempre bloqueara de seus pensamentos quando o assunto era uma aluna: Sophia era virgem?

Provavelmente não, depois de tantos namorados. Mas preferiu não pensar muito nisso. Trazia seu corpo de volta à sua mente.

Saiu do colégio correndo até o carro, para evitar ao máximo a chuva, mas não conseguiu impedir que alguns livros se molhassem. Entrou e fez o mesmo caminho que sempre fazia, e sabia que veria Sophia indo para o ponto de ônibus que a levaria até sua casa, carregando uma mala consideravelmente grande. Só não pensou que dessa vez chovia forte, e quando a viu estava arrastando a maleta pela calçada com o pé ainda dolorido. Mesmo que não usasse mais muletas, ela havia mostrado que a torção ainda deixara uma mancha levemente roxa, já amarelada, sumindo, mas ainda dolorida.

Pensou em parar e deixá-la entrar. Pensou em levá-la até sua casa, para que não ficasse mais na chuva. O ônibus seria uma experiência bastante desconfortável, encharcada como estava. Mas não parou.

Sophia, molhada daquele jeito, ainda lhe trazia recordações perigosas.

Então rumou direto para casa.

Na segunda-feira, no entanto, seu coração se fez em mil pedaços ao vê-la tossindo e espirrando o tempo todo. Seu nariz pálido estava vermelho de uma forma tão linda que ele imaginou ser injustiça que todas as demais pessoas da terra ficassem meramente ridículas quando gripadas e Sophia ficasse ainda mais bela.

Observou Lucas tentando ajudá-la e ser repelido. Ela levantava o tempo todo em sua aula para ir até o banheiro assoar o nariz e tinha uma voz bastante anasalada, até engraçada.

Naquele dia ela não quis participar do clube de filosofia. Avisou que ia para o apartamento mais cedo e saía, mas Henrique a chamou.

– Sophia, tenho um remédio muito bom para gripe. Está tomando alguma coisa?

Ele se lembrou que da última vez que teve uma gripe forte, dois comprimidos foram o suficiente, e o restante ainda estava em casa. Sentia-se inegavelmente culpado, então precisava ajudar em alguma coisa.

– *Dão* estou *tobando* nada *dão* – disse Sophia, com a voz afetada pelo nariz tampado. Tossiu cobrindo a boca com um lenço e piscou algumas vezes. Seus olhos estavam lacrimejando. – *Bas* obrigada.

– Trago o remédio amanhã mesmo.

E assim, quando Henrique foi atrás do remédio em casa, não pôde deixar de notar que a cartela de anticoncepcionais vazia ainda estava ali, sem nenhuma outra nova para repor.

Teria sua esposa finalmente aceitado?

Achou isso extremamente peculiar, então precisava tirar a prova.

Pegou os remédios de gripe para deixar à vista e se lembrar de levá-los para o colégio no dia seguinte e então foi até o quarto, onde a esposa preparava-se para dormir.

– Susan, estava pensando, talvez não seja mesmo uma boa ideia termos outro filho.

– Finalmente enfiou isso na cabeça, homem! – Ela pegou o controle da televisão na escrivaninha e desligou-a. – É uma péssima ideia. Clara é tudo de que precisamos.

Tentou achar uma forma daquilo fazer sentido. Talvez ela estivesse tomando outros comprimidos. Talvez... ele não sabia o quê.

– Não esqueça os anticoncepcionais, então – ele disse, deitando-se ao lado dela. – Um dia é o suficiente para que corra risco.

– Não perco. – Ela deu-lhe um beijo. – Não perco um único dia desde que comecei a tomá-los.

Talvez os comprimidos estivessem em outra gaveta. Na dela, na escrivaninha do seu lado da cama. Talvez aqueles tivessem acabado há muito tempo e ela estivesse guardando em outro lugar.

Que diabo estava acontecendo?

Ele conhecia cada espaço das coisas dela. Não tinham segredos, não tinham chaves, não tinham espaços exclusivos. Não havia remédio algum em qualquer outra parte da casa que não fosse na gaveta de remédios.

Sophia não foi à aula no dia seguinte, então Henrique venceu seus medos e foi até o apartamento dela para verificar se estava bem e entregar os comprimidos, quando teve certeza de que Lucas estava na escola e não podia sair. Seria bastante desconfortável ir até lá e dar de cara com o namorado da menina.

Ela abriu só uma fresta da porta para ver quem era, pois usava pijamas, meias e o cabelo estava pouco arrumado. Sorriu ao ver Henrique.

– Oi, professor. Juro que *dão* estou *batando* aula, só *dão* quero *contabinar* as pessoas.

– Vim trazer o remédio que falei. E também um para destrancar seu nariz.

– *Belhor dão* entrar. Isso aqui é um ninho de vírus.

– Não me importo. Sério.

Ela deu de ombros e abriu a porta. Apesar de ela mesma estar descuidada, o resto do apartamento estava em ordem.

Ele sentou-se no sofá e entregou um remédio de gotas.

– Pingue só duas gotas.

Ela olhou o rótulo várias vezes até se convencer que nunca tinha ouvido falar daquilo. Mas obedeceu mesmo assim. E após alguns segundos sorriu imensamente.

– Eu consigo respirar! Meu Deus, isso aqui é divino! – riu e sentou-se do lado dele. – Onde conseguiu esse desentupidor de privada?

Ele riu longamente. Uma risada ruidosa e honesta. E só depois de algum tempo conseguiu entregar os outros comprimidos.

– Esses são para gripe. Você tem algum chá aqui?

– Devo ter.

– Posso mexer na sua cozinha?

– Professor, desculpe, mas, a cozinha é onde tenho meus mais horríveis segredos. Sinto muito, mas não posso permitir. – Ela riu, irônica.

Ele se levantou e foi até lá. Era pequena, mal cabiam duas pessoas. Olhou nos armários até achar um infusor e um pote de chá mate. Era bem a cara de Sophia não simplesmente fazer chá de saquinho, mas sim com um infusor específico e o pó na quantidade que quisesse.

Antes de continuar o preparo, resolveu tirar sua dúvida de uma vez por todas: abriu a geladeira e viu três garrafas de vinho branco suave na última prateleira, todas fechadas. Achou graça, mas não disse nada.

Procurou por açúcar, mas acabou encontrando mel, o que era ótimo. Adoçou-o só com isso e o resfriou um pouco até que ela pudesse beber sem se queimar. Entregou-lhe numa caneca grande.

– Por que está fazendo isso, professor? Nem o Lucas se preocupou tanto.

Como diria que era porque a tinha visto tomar chuva e a ignorou? Como diria que a ignorou por medo?

E medo de quê?

Nem ele sabia o motivo.

– Justamente por isso – ele respondeu. – Lucas não está aqui, alguém tem que estar.

– Bem, fico feliz de qualquer forma. Obrigada. – Ela tomou um gole do chá, e percebeu o sabor do mel, sorrindo. – Professor, acho melhor ir, antes que fique doente também.

– Não se preocupe. De verdade.

Era a segunda vez que, por culpa dele, ela sofria. O tornozelo ainda tinha a marca para lembrá-lo que a vira nua sem querer, e agora essa gripe que ela pegou por medo ou qualquer outra coisa da parte dele.

– Tome o remédio – ele aconselhou. – Com o chá. Vai sentir sono, mas pode dormir a tarde toda, então aproveite.

– Obrigada. Vou aproveitar.

Ele se levantou para sair e ia até a porta, mas se deteve ao ver uma caixinha de remédio sobre uma cômoda.

– Disse que não estava tomando nada. – Ele pegou a caixinha para ver o que era. – Ferro?

– Não sou pálida à toa – ela riu. – O médico deu uma bronca nos meus pais quando eles foram me buscar no hospital, quando torci a perna. Disse que eu estava muito pálida e me pediu um exame. Estava só um pouquinho abaixo do normal, quase nada, exagero dele. Mas já passou, agora está até alto demais – e riu.

– Fato, você *é* pálida demais.

– Se me chamar de "fantasminha camarada", jogo esse chá em você – ela ameaçou, sorrindo.

– Digamos que se vestir uma camisa branca não sei diferenciar você de sua camisa.

– Mas se eu não tiver usando nada, sabe me reconhecer fácil, não?

Henrique não percebeu, mas os músculos de seu braço retesaram, levando-o a um leve tremor nos dedos. Sentiu um desconforto na boca do estômago, uma sensação de vazio engraçado, um sentimento desconfortável o suficiente para que engolisse em seco. A sensação engraçada desceu até sua virilha quando a imagem de Sophia, sem usar nada, lhe voltou à mente.

– Não decorei cada marca do seu corpo assim tão rápido – foi o que conseguiu responder, tentando entrar na brincadeira, ou levar aquilo como uma brincadeira, já que Sophia parecia falar sério.

– Seu cérebro talvez não.

E então ela sorriu. Um sorriso tão malicioso que ele não sabia que Sophia poderia ser capaz de dá-lo. Um sorriso que lhe provocou. Sorriso vindo de uma garota de dezessete anos enfiada num pijama enorme, com o nariz vermelho e os olhos lacrimejando. Mas, então, entendeu por quê. Seu cérebro podia tentar esquecer, mas seu corpo não. Seu corpo havia decorado cada pequeno detalhe de Sophia, desesperado por tocá-la.

# Capítulo 6

# Pequeno segredo obscuro

Meu extremo romantismo me guia a inventar um passado bastante bonito para Henrique e sua esposa. Até porque, nessa época, eu ainda achava Henrique e Susan o casal mais bonito do século. Não importa muito o que é verdade e o que não é, pois é perfeitamente plausível que seja da maneira como narrarei a seguir.

Depois de mais duas semanas, Henrique voltou a verificar a cartela de anticoncepcionais, e viu a mesma coisa. Vazia, sem nenhuma outra para repor.

Susan não estava tomando nenhum remédio, e sabe-se lá desde quando. O que o levava a crer que ela havia encontrado outra forma de prevenir uma gravidez, ou talvez tenha tido algum problema no útero. Ela não tinha entrado na menopausa, era a única coisa de que tinha certeza nesse momento. O que era absurdo. Susan nunca fora de guardar segredos. Aliás, nenhum dos dois. Não tinham ciúmes com frequência, chegavam a fazer piada disso. Era algo que tinham desde a noite em que ele a pedira em casamento, completamente envolvido em amor e devoção por Susan, a garota ruiva da turma de Matemática.

*– Quer casar comigo porque estou grávida?*

*Ela tinha lágrimas nos olhos, um doce aroma de framboesa nos cabelos vermelhos.*

*– Considerando que está grávida porque te amo, sim, pode-se dizer que sim.*

*Ela sorriu, mas não por muito tempo.*

*– Não quero que se sinta pressionado pelo meu pai.*

*– Não me sinto.*

*– Somos jovens demais, Henri.*

*– Trabalho, moro sozinho, e posso cuidar de você. E da nossa menininha.*

*– E se eu ficar feia?*

*– Sabe que odeio soar clichê, mas quebro todos os espelhos da casa.*

*– E se o amor acabar?*

*– Que seja eterno enquanto dure.*

*– E se eu te machucar?*

*– Faço um curativo – ele riu. Ela também.*

*– E se eu te magoar?*

*– Choro, reclamo, mas então, lembro que te amo e esqueço.*

*– E se eu te traísse?*

*– Aí também não, né, Susan – ele riu de novo. – Eu te trairia de volta, sinto muito.*

*Eles riram e ela lhe estendeu a mão.*

*– Então eu aceito.*

*Ele colocou o anel de noivado em seu dedo e tocou a barriga onde Clara ainda era um feto.*

*– Sua mãe acaba de casar com um idiota, Clara.*

Henrique resolveu ligar para o obstetra e ginecologista que havia feito o parto de Clara. Segredos médicos só se aplicavam quando o médico não sabia que a mulher guardara segredo de algo.

Ligaria da escola, pelo celular, já que seria arriscado falar em casa. Sentara-se isolado na sala dos professores e discara no número marcado a lápis num pedaço de papel rasgado.

– Consultório do Doutor Roberto.

– Ahm... – ficou pouco perdido pelo assunto. Olhou ao redor, para ter certeza de que nenhum professor lhe encarava ou ouvia sua conversa. – Gostaria de falar com o Doutor Roberto. Sou marido de uma de suas pacientes.

– Um momento.

Esperou cerca de dois minutos até que alguém dissesse algo do outro lado da linha.

– Pois não?

– Ahn, Doutor Roberto? Meu nome é Henrique. Marido da Susan Loire.

– Susan Loire... – um tempo depois, o suficiente para procurar a ficha da paciente, imaginara Henrique, ele continuou – Um parto, ah sim. Como vai a Clara? Já é hora dela usar meus serviços?

Henrique chegou a ter calafrios em pensar em Clara grávida.

– Não, não, de jeito nenhum. Ela ainda é nova.

– Tem razão, desculpe. Quinze anos, certo? – Henrique ia negar, mas o médico se corrigiu antes. – Desculpe, dezessete. Quinze desde a última consulta.

– Sobre essa última consulta... – ele não sabia exatamente como entrar no assunto sem saber qual era esse assunto. Se mostrasse que não sabia, o médico não diria nada. – Acha que houve sequelas?

Ficou satisfeito com a pergunta. Seja lá o que tenha feito.

– Além da esterilidade? Não acredito. Ainda mais depois de tanto tempo. Susan está tendo problemas? De certo não pode ser devido ao aborto. O ideal seria que fizesse uma consulta.

O mundo de Henrique acabara de ser completamente sacudido. O chão sob os seus pés sumira, assim como toda a sala ao redor. Respirou fundo, engoliu toda a raiva misturada de forma dolorosa com o choro nervoso que ficou só dentro dele, em suas pálpebras, em seu cérebro, corroendo como um ácido.

– Ok, obrigado.

Desligou o telefone e quase o quebrou, apertando-o. Só se conteve por estar em lugar público.

Xingou-a, balbuciando. Xingou-a dos piores nomes possíveis.

Não era um simples aborto.

Depois do nascimento complicado de Clara e do trauma de Susan, ele passara a usar camisinha durante bastante tempo – exatamente dois anos – para evitar um segundo trauma na esposa. Aquela criança abortada não era dele. E claramente não fora abortada acidentalmente.

Ela pretendia, sem saber que estava estéril, fingir começar a usar anticoncepcionais para que o controle de uma segunda gravidez estivesse em suas mãos, não nas dele. Dessa forma, se acontecesse de novo, poderia simplesmente dizer que esqueceu de tomar o remédio um dia.

Mas as coisas se saíram mal e ela se tornara estéril. Por isso tanta resistência em ter um segundo filho.

Cego de raiva, Henrique se limitou a avisar a diretora que não se sentia bem e ia direto para casa. Não tinha jeito de dar aula agora. Não sabia nem como ia dirigir.

Sentou-se na mesa da cozinha, sozinho. A casa estava silenciosa. Clara na escola, Susan no trabalho. E ele ali, sentado, se contendo. Estava prestes a explodir. Só o relógio tiquetaqueava na parede, contando os minutos até que Susan chegasse. Cotovelos apoiados, mãos unidas em frente ao rosto.

Quando, finalmente ela chegou, no entanto, ele não moveu sequer um músculo.

Susan passou por ele deixando uma sacola de compras sobre a mesa. Foi direto beber um copo d'água e só parou quando reparou que o marido estava praticamente espumando de raiva.

– Chegou mais cedo hoje. Algo errado no colégio?

– Quem era o pai da criança que você abortou há quinze anos?

Susan começou a tossir violentamente e derrubou o copo, que se estilhaçou no chão.

– Criança?

– Feto, eu diria.

– Está bêbado?

Henrique se levantou, irado. Seu peito inflou como um animal que se prepara para briga.

– Abortou uma criança há quinze anos, numa época em que não tinha como eu ser o pai. Depois começou com anticoncepivos. Para quê? Porque, não sabendo que estava estéril, queria continuar se encontrando com sei lá eu quem sem correr risco de engravidar.

– Está louco, homem?

– Eu te desafio a achar um anticoncepcional nessa casa.

Susan deu um passo para trás e encostou na bancada da cozinha.

– Acabou, mas eu ia comprar mais hoje.

– Acabou há pelo menos um mês! – bradou Henrique. – Tomava para que eu não soubesse que está estéril! Estéril por um aborto de um filho que não era meu!

– Não, não eu...

– Pare de negar! – ele bateu na mesa com força e ficou um tempo apoiado nela, sem dizer nada, respirando alto. – Não vou pedir o divórcio por algo que aconteceu há quinze anos.

Ela não disse nada. Em vez disso, começou a chorar.

– Eu disse que se me magoasse eu lembraria que te amo e esqueceria – ele murmurou. Aquela conversa, aquela noite ainda estava em sua memória. – E você não tem ideia do quanto dói saber que enquanto eu estava tentando te proteger, bêbado de amor, você se deitava com outro sem nem pensar em se prevenir de uma gravidez. Não tem ideia do quanto dói. E eu já nem sei o que fazer.

– Perdão, perdão, me desculpe, por favor. – Ela se jogou no chão ao lado dele, abraçando suas pernas, chorando desesperadamente. – Eu te amo, eu juro, eu te amo, Henri, por favor...

– Mas eu também disse que se me traísse...

– Não, Henri, por favor...

– Eu te trairia de volta.

– Não, Henri, faz quinze anos...

– Eu queria um segundo filho. Um terceiro, um quarto. Mas não posso. Porque você me traiu. *Isso* é para sempre.

Empurrou-a e pegou as chaves do carro. Ela correu até ele, puxou-o pelo braço, mas ele se livrou e bateu a porta de casa.

Henrique tinha vários amigos, dos mais variados tipos. Um deles, ainda dos tempos de solteiro, da época da faculdade, havia decidido se manter sem esposa pelo resto da vida, o que não significaria estar o tempo todo sozinho. Tinha sido esse amigo que, dezesseis anos antes, organizara sua despedida de solteiro sem lhe avisar quais eram as atrações para a "pequena festa". Atrações que incluíam *strippers* e mais álcool do que se podia tomar. Fred ainda era um homem engraçado, e trabalhava no banco, levava uma vida bastante comum. Exceto pelo fato de que saía com uma frequência muito maior que o resto do grupo de amigos, e acordava cada dia com uma mulher diferente.

E foi para Fred que Henrique ligou naquele dia, quando parou no sinal vermelho.

– Não acredito que sua mulher deixou você sair hoje. No meio da semana.

–Vai ou não vai?

– Claro, né, Henrique. Tem um pub irlandês no centro que é ótimo.

Henrique foi até o shopping comprar roupas. Não queria voltar para casa para se trocar. Enrolou um pouco por lá até dar a hora de ir ao tal pub.

Era dez da noite quando Fred chegou usando roupas demasiado jovens, animado e com um sorriso de orelha a orelha. Bateu em seu ombro cumprimentando-o. Fred era tão feliz solteiro quanto Henrique jamais imaginou ser possível. Amor sempre parecera a escolha mais lógica para o professor.

– O que deu em você? Não diga que só queria quebrar a rotina.

Se Henrique dissesse tudo que havia acontecido, iria ouvir sobre como ele o avisara sobre os males do casamento, como tudo havia sido como ele dissera.

– Briguei com a Susan.

– Ah. Entendi. Sabe, cara, se eu tivesse a sua aparência, nunca teria me casado.

– Você nunca se casou.

– É, mas foi um investimento de risco, ainda que tenha dado certo. Você sempre foi o mais bonito da turma, sempre foi paquerado pelas mais gatas. A Susan mesmo, quantos dos nossos amigos queriam namorar com ela?

– Aonde quer chegar?

– Se quiser, você pode hoje reavaliar essa escolha. Vai ver as mulheres aqui se estapeando para dar para você e vai ver o que perdeu por dezesseis anos.

Ele sabia que não reavaliaria seu casamento. Estava plenamente certo sobre ter se casado e mesmo sobre não se divorciar. Mas ia, de qualquer forma, entender o que perdeu por dezesseis anos.

Tão logo conseguiram uma mesa lá dentro, uma garçonete surgiu com um bloco de anotações e nenhum cardápio de comida, só um de três páginas de bebidas. Basicamente, apenas bebidas eram vendidas ali. Todo tipo de cerveja, desde as importadas às mais baratas, e chope de todos os tipos.

Fred fez o pedido pelos dois. O lugar estava cheio e só conseguiram uma mesa porque Fred ligara antes reservando. Muita gente ainda estava de pé, se amontoando, sem nem respirar. Uma banda tocava rock antigo no palco, o barulho era grande, mas era um lugar menos jovem, ainda que não tão velho quanto Henrique. A média das idades ali era entre vinte e cinco e trinta anos. E havia uma mulher de aproximadamente vinte e poucos tomando uma batida, aparentemente de morango, sorrindo enquanto olhava para Henrique. Eventualmente ela acenou com a mão. As amigas dela olharam e começaram a cochichar. Henrique achou graça.

– Sobre o que brigaram? – perguntou Fred, após beber um grande gole de cerveja numa enorme caneca, desviando a atenção de Henrique da mulher de cabelos negros.

– Ah. Nada importante. – Voltou a observá-la.

– Fala, cara. Não vou te julgar.

Bem que Henrique gostaria de acreditar nisso.

A mulher continuou tomando sua batida, certamente muito doce, sem tirar os olhos dele.

– Não é nada, mesmo.

– Duvido. O que ela pode ter feito para justificar sua vinda a um pub com seu amigo de má influência?

Quando a mulher acabou de beber seu drink, pegou um morango do copo e o mordeu lentamente enquanto olhava para Henrique. As amigas dela riram, mas ela não.

– O que ela poderia ter feito para ser equivalente a eu traí-la com aquela mulher? – perguntou Henrique, apontando a garota.

– Uoou! – Fred riu e tomou mais um gole da cerveja. – Sério, cara? Ela atirou a Clara pela janela, foi?

Henrique se levantou, ignorando o amigo. Atravessou o lugar, se desviando das pessoas, se espremendo entre os outros. A mulher esperou. Até que ele chegasse, até que ele tocasse sua cintura, colasse seus corpos, sentisse o aroma de perfume caro.

– Demorou – ela disse.

– Eu estava pensando o que uma garota da sua idade teria visto em mim.

Ela o beijou, mordendo seu lábio inferior, e ele ficou dividido entre um balde de culpa sendo jogado em sua cabeça e a pressão que os quadris dela faziam nos seus.

– Você tem algum nome? – perguntou Henrique.

Ela segurou sua mão e a levantou, tocando sua aliança, girando-a em seu dedo.

– Pelo jeito – ela disse, sorrindo –, sou o maior erro da sua vida.

Ele não podia deixar de concordar. Não queria estar ali. Era como se estivesse cumprindo uma obrigação, algo que definitivamente não queria fazer, não queria precisar fazer. Não com aquela mulher, não com aquela desconhecida.

Mas, como se fosse pular de *bungee jump*, fechou os olhos e a beijou, pressionando seus dedos em seu quadril, ignorando os pensamentos que lhe diziam para parar.

Mãos, braços, dedos. No meio daquela confusão enorme, Henrique se sentia um adolescente numa balada.

As carícias começaram a atingir o limiar da decência mínima num ambiente público. Ele sentia que as coisas iam evoluir demais.

– Vamos ter que ir para outro lugar se quisermos continuar – ela murmurou em seu ouvido, e então mordeu sua orelha.

Ele ia puxá-la, no instinto, para tirá-la dali, e levá-la para qualquer lugar, quando ouviu aquilo. Nem pensou no assunto. Mas algo o fez parar, algo o fez raciocinar e pensar que não valia a pena. Não valia a pena trair Susan numa vingança sem fundamento nenhum, com aquela completa desconhecida. Não mais do que já havia traído.

– Não... – ele murmurou. – Desculpe, não posso.

Ela fez cara de pena.

– Por que não? Não precisamos ir para sua casa se sua esposa está lá.

– Desculpe.

Ele a deixou ali, sem explicar mais nada e voltou para a mesa. Lá, pegou sua comanda e não se preocupou em falar com Fred, que conversava com duas loiras. Simplesmente saiu do pub após pagar sua conta e foi para o carro, onde ficou em silêncio.

Não tinha mais idade para essas coisas.

Dirigiu para um hotel qualquer, decidido a não voltar para casa naquele dia.

Não tinha material nenhum para dar aula no dia seguinte. Mas foi para escola de qualquer forma. A diretora perguntou se havia melhorado, e ele respondeu que sim, ainda que seu aspecto fosse pior naquele dia do que no anterior. Ia ter de dar atividades alternativas, já que não havia trazido material nenhum.

Por fora, Henrique era pura raiva. Entrou na sala e começou a escrever uma pergunta de filosofia na lousa, sem dizer uma palavra. Ao terminar, mandou que entregassem a resposta, valendo nota.

Para os terceiranistas, na sala de Sophia, mandou que fizessem um círculo para discussão. Ele mesmo não participou muito. Não percebeu, mas Sophia também não. Ficara sentada no lado oposto ao dele na sala, observando-o. E, quando Henrique finalmente percebeu, sabia que ela lhe perguntaria o que havia acontecido. Se pudesse evitar tais perguntas, o faria a qualquer preço.

Encerrou a aula, que era a última do dia, e ia dizer para os cinco que ficaram que não haveria clube de filosofia. Só para evitar os olhares de Sophia. Mas percebeu que ela iria atrás dele agora ou depois, de qualquer forma. Então preferiu adiar estar a sós com ela.

– Sócrates – disse Henrique, para começar o clube de filosofia. – Falem-me a respeito.

– "Só sei que nada sei" – disse Leonard, pouco presente nas demais reuniões, rindo.

– "Deve-se temer mais o amor de uma mulher, do que o ódio de um homem" – disse Sophia, encostada em sua cadeira, com os pés apoiados na carteira da frente. – Engraçado que Sócrates tenha escrito isso, já que as ideias de amor tanto para ele quanto para Platão são tão difíceis de serem diferenciadas.

– Não há por que temer o amor de uma mulher – disse Lucas, segurando a mão de Sophia.

– Sócrates também disse "O amor não é um deus, nem um mortal, e sim um grande demônio" – George refletiu, abrindo seu livro de filosofia. – O que pensar disso? Sócrates falava sobre o amor platônico, mas comparava o amor a um demônio.

– "Meu conselho é que se case. Se você arrumar uma boa esposa, será feliz. Se arrumar uma esposa ruim, se tornará um filósofo" – disse Henrique, amargurado.

– E assim falou o professor de Filosofia – riu Felipe.

– E assim falou Sócrates – corrigiu Henrique. – Essa frase também é dele.

– E quem somos nós para ir contra os grandes gênios, certo? – disse Felipe.

– De qualquer forma – continuou Henrique –, é só uma questão de ser ou não feliz com esse amor. Pode-se sofrer ou não. Bem, vocês adolescentes entendem disso muito bem.

Sophia nada disse. Apenas olhava para Henrique, volta e meia sorrindo para Lucas, só para deixar claro que estava tudo bem. Incomodado, ele decidiu encerrar a discussão dez minutos antes do normal. E não ficou nada surpreso quando viu a garota dar um beijo de despedida em Lucas e continuar na sala.

Henrique se esforçou para mudar o jeito abatido do rosto. Esforçou-se para aparentar que nada estava acontecendo. Mas Sophia ignorou todas as suas tentativas.

– Não deu aula ontem – ela disse, sentando-se em sua mesa. – E hoje está triste.

– Não estou triste. Estou irritado. Todos temos direito de estar irritados.

– Concordo. Mas a questão é que você não está irritado.

– Ah, não?

– Quando está irritado responde mal pros alunos. Quando está triste, só os ignora.

Desde quando Sophia o conhecia dessa forma?

– De qualquer jeito, estou bem, não quero que se preocupe.

Sophia desceu da mesa e parou na frente dele. Era um pouco mais baixa que ele.

– Olha para mim, Henrique. Olha e diz que não precisa de ajuda.

– Sophia, que tipo de ajuda você poderia oferecer? – desdenhou, irritadiço. – O que quer que tenha acontecido comigo, não interessa nem a você nem a nenhum outro aluno.

– Ok. Entendi. – Ela deu as costas e se encaminhou para a porta.

Henrique tinha sido rude com ela. Fora extremamente rude com ela. Com quem só queria ajudá-lo. Sophia era, provavelmente, a única pessoa que o ouviria sem julgá-lo, imparcialmente. Talvez clareasse suas ideias.

– Sophia – chamou-a de volta. – Desculpe.

Ela se virou devagar, encarando-o e culpando-o com aqueles olhões verdes infinitos.

– Venha para o meu apartamento. Se quiser conversar.

Ele não entendeu muito bem por quê. E na verdade não precisou pensar no assunto. Simplesmente a seguiu, desesperado por colo, por alguém que lhe dissesse que não precisava mais sentir rancor de sua mulher.

# Capítulo 7

# Razões

Tão logo entraram no apartamento, Sophia foi até a cozinha e trouxe de lá uma garrafa de vinho e dois copos comuns. Colocou um ao lado de Henrique depois que ele se sentou no sofá-cama – onde já dormira.

Ele olhou para a garrafa de vinho com estranheza.

– Sophia, não vou beber.

Ela sentou-se ao lado dele, muito próxima, e colocou vinho no próprio copo, ignorando-o. Então bebeu um gole.

– Você precisa beber.

– Não preciso beber. – Ele pegou o copo que ela lhe dera e colocou sobre a mesa de centro. – Ainda mais com uma adolescente que nem dezoito anos tem.

– Não vai querer me dizer o que aconteceu, certo? E eu também não vou perguntar se esse chupão no seu pescoço tem algo a ver com esse seu mau humor.

Henrique botou a mão no pescoço, como se pudesse sentir o hematoma provocado pela mulher da noite anterior. Não sabia que estava marcado e sentiu-se constrangido por passar o dia todo andando como se aquilo não existisse. Talvez mais pessoas tenham notado.

– Prefiro não falar sobre isso.

– Se não quer falar e ao mesmo tempo está aqui, é porque quer parar de sofrer. Mas não posso te ajudar se não souber o que se passou. Então – ela colocou vinho no copo dele – precisa beber. – Ela se levantou e foi até um aparelho de som pequeno numa mesinha de canto. Ligou-o, selecionou "Sexed up", do Robbie Williams e voltou para o sofá, tomando seu copo de vinho até o fim. – Anda, não tem veneno.

Ele bebericou do vinho, percebendo que era bastante doce. Quase não se sentia o amargor normal da bebida. Praticamente um suco de uva. Enganava o suficiente para que não se contivesse na hora de beber.

Encarando o copo, aquela bebida clara, límpida, doce disfarçando o álcool, Henrique a viu como um convite fácil à perdição. Combinava com Sophia. Combinava demais com Sophia.

– Vou tomar banho – ela avisou. – Ainda tenho duas garrafas de vinho na geladeira, então pode tomar essa aí.

Tomar uma garrafa inteira de vinho estava fora de cogitação para Henrique. Ele sentia que estava prestes a fazer algo realmente muito errado. Precisava manter-se sóbrio.

Ela pegou algumas roupas e entrou no banheiro. Ouviu o chuveiro ligado, ouviu a água correr lá dentro. Tomou mais do vinho. Percebeu que a música agora era a "Every breath you take". Riu ironicamente, amargurado. Então tomou o copo todo de vinho e o encheu novamente. Ainda não sentia o calor do álcool em seu peito, então estava tudo bem.

Ela saiu do banheiro com o cabelo molhado. Usava um short bastante curto, mas não podia culpá-la, pois qualquer coisa maior que aquilo seria pedir para derreter no calor. Talvez fosse o vinho, mas seus olhos foram imediatamente atraídos para as pernas dela. Jovens, belas, torneadas. Desviou o rosto e voltou a beber um gole de vinho, tentando esquecer os pensamentos impuros.

Sophia parou na frente dele e sorriu ao ver a garrafa com menos da metade do líquido.

– E então, já afogou as mágoas?

– Seria uma piada pronta de muito mau gosto se eu dissesse que elas aprenderam a nadar, certo?

Ela riu e pegou a garrafa da mesa. Bebeu-a no gargalo.

– Por favor, não fique bêbada – ele disse, sorrindo. – Não quero cuidar de você bêbada.

– Sabe que eu nunca fiquei? – ela tirou os cabelos da frente do corpo, jogando-os para trás, o que fora uma péssima ideia, já que haviam molhado sua regata, deixando-a demasiado transparente. – Não sei que tipo de bêbada eu seria.

– Na sua idade eu também não sabia o que era ficar bêbado. Ou sabia... quantos anos você tem mesmo?

Ela riu. Sua risada gostosa, capaz de animar o mais triste dos homens, capaz de iluminar o mais escuro dos dias. O contorno que suas bochechas faziam quando gargalhava era lindo e emoldurava os olhos verdes, tão claros quanto água cristalina. Bebeu mais do vinho. Era como se ele pudesse arrancar seus pensamentos da cabeça.

– Na minha idade devia namorar com mais frequência do que trocava de roupa.

Na idade dela, Henrique já estava completamente apaixonado por Susan, a garota mais bonita da faculdade de Matemática. Era tão incrivelmente bonita que um olhar foi o suficiente para decidir que ela era a única que queria para sua vida.

Agora já não tinha tanta certeza.

– Na sua idade eu já sabia com quem queria me casar.

– Eu também sei. – Ela deu de ombros, com a garrafa na mão.

– Sabe?

– Claro.

– O Lucas?

Ela estendeu a garrafa para ele e ele terminou de tomar o pouco que restava.

– O amor platônico do Lucas ainda não virou realidade.

– Como assim?

– Ele ainda se preocupa demais em me agradar, ainda parece que quer lamber o chão que eu piso.

–Você realmente não gosta dele, não é?

–Você não fala dos seus problemas, eu não falo dos meus. – Levantou-se sorrindo e foi até a cozinha. Pegou outra garrafa de vinho e voltou para sala depois de abri-la.

– Existe alguém que você ame e que não lhe ame? – ele perguntou surpreso.

– Por que o tom de surpresa?

Nem ele sabia. Só não conseguia imaginar por que alguém não ia querer namorar com Sophia.

– Porque você é uma ótima garota, todos os meninos devem querer sair com você.

Ela sorriu em resposta.

– Obrigada. – Tomou mais um gole de vinho. E muitos outros depois.

A música ainda soava enquanto eles conversavam e riam. A terceira garrafa chegou quando eles já não tinham discernimento de que deviam parar de beber. Não estavam completamente bêbados, mas bastante altos, alegres, rindo. Ela havia deitado na coxa dele, segurando a garrafa no alto, as pernas dobradas para caber no sofá. E agora Henrique já não se lembrava de Susan ou do filho ilegítimo que ela perdera. Já não lembrava da dor, da traição, ou da mulher da noite anterior. Agora ele simplesmente ria.

Em algum momento – e já não lembrava qual – ele parou de rir, admirando os olhos verdes dela. Sorriu pela beleza deles. Os olhos já estavam pesados devido ao álcool que normalmente lhe dava sono. Sophia percebeu que ele diminuíra o riso e cruzou o olhar com o dele, ainda com resquícios da risada nos lábios.

Havia um desejo carnal gigantesco nos olhos castanhos dele. Havia um querer desesperado, já que o álcool o fazia esquecer que tudo era errado. E ela percebeu. Percebeu e sorriu.

Ele tocou o rosto dela, olhando em seus olhos, sem nunca desviar-se deles. Ela beijou sua mão, e então ele a desceu pelo seu pescoço, sem que ela a evitasse, mas também sem ajudar. Deslizou os dedos até seu corpo, observando a reação dela.

E a reação foi um delicado beijo em seu braço.

Percebeu que ela se arrepiara instantaneamente quando Henrique tomou a liberdade de enfiar a mão debaixo da blusa ainda molhada pelo cabelo. E a mão ali lhe permitia sentir as batidas de seu coração, e perceber que elas aumentaram exponencialmente quando a tocou.

Era uma aluna.

Era uma aluna menor de idade.

Era uma criança.

Uma criança que se levantou e o fez achar que ia começar a gritar sobre processá-lo, mas na verdade essa *criança* sentou-se em seu colo, de frente para ele, com as pernas ao redor de seu corpo.

Henrique segurou sua cintura. Era extremamente fina. Suas mãos quase conseguiam englobá-la por completo.

– Já conhece meu corpo. De vista – ela disse. – Quer conhecê-lo por toque?

Ele sentiu um frio na barriga muito parecido com o que se sente em brinquedos radicais. Não era necessário responder. Seu corpo já havia respondido por ele.

Então ele tirou a regata molhada dela e a jogou para o lado. Ela não usava sutiã, já que estava de pijamas.

A culpa e toda a autoaversão não foram maiores do que o desejo de beijar seu corpo e ouvir sua respiração alta, seu nervosismo, seu coração batendo rápido demais. Aquele corpo que havia visto nu por tão poucos segundos, agora demoradamente exposto, tão perto, tão perfeito quanto se lembrava. Desde aquela noite havia se lembrado de cada detalhe, e desde aquela noite desejara tocar-lhe, só para senti-lo real sob suas mãos, sob seus lábios.

Uma criança.

Uma menina em corpo de mulher. Uma mulher em corpo de criança.

– Não posso fazer isso.

Não era sua mulher que vinha em sua cabeça. Susan estava bem distante de seus pensamentos agora. Era o que restava de juízo, uma voz quase calada, tentando se fazer ouvir enquanto todo o resto, seu senso hedônico, sua alma se esquentava e ignorava cada partícula de racionalidade que ainda havia dentro dele.

Dezessete anos!

Começar aquilo era como uma guerra. Extremamente fácil para começar, impossível de parar.

Ela saiu de cima dele de uma vez só, e ele achou que poderia respirar, que ela já não mais o tentaria – pois se o fizesse, não seria capaz de dizer não mais uma vez.

Para seu desespero, o que ela fez foi puxar um pouco o short para baixo.

– Não?

– Sophia, eu sou casado.

– Eu tenho um namorado.

– Um namorado que não ama.

– Ele me ama.

Isso fazia toda a diferença. Num curto momento de lucidez, Henrique percebeu que amar e trair não era a questão. O grande problema era trair quem se ama. Isso dói mais.

– Diz que não quer e eu vou entender.

Dizer que não queria seria uma mentira hedionda.

– Não posso. Simplesmente não posso. Você é...

– Nova. – Ela se aproximou dele. Os seios provocando-o como a um adolescente cheio de hormônios. – Mais alguma desculpa?

Aturdido, ele não soube responder. Não soube conectar uma palavra na outra. E perdeu toda a linha de raciocínio quando ela baixou o short, livrando-se dele imediatamente. Demônios. Aquele corpo. Aquele maldito corpo. As mãos tremeram ao tocá-lo.

# Capítulo 8

# Desculpas

Eu *sei* que Henrique tentou trair Susan. Só não faço ideia de como ocorreu esse momento. O que foi dito é mera possibilidade.

Antes de abrir os olhos, Henrique sentiu uma pontada aguda na cabeça. Levou a mão à testa e reconheceu a clássica dor de ressaca. Não tão grande, mas incômoda. Coisa de quem tinha tomado quase duas garrafas de vinho inteiras na noite anterior. E, ao pensar nisso, ele percebeu que o cheiro de onde estava não era o de sua casa. O lençol cheirava a morango. Um cheiro extremamente familiar agora. Lembrava-lhe Sophia.

Os olhos pesados, assim como a consciência. A música que tocava na noite de ontem ainda se repetia em sua cabeça.

Esfregou os olhos e só então os abriu. Só então encarou a realidade.

Sophia não estava ao seu lado. Mas o apartamento ainda era o mesmo. Se tivesse acordado em casa talvez acreditasse que fora só um sonho.

Ergueu o tronco e esfregou os cabelos. Estava nu e coberto por um lençol branco. Não era totalmente dia ainda. Estava amanhecendo.

Ouviu o barulho do chuveiro e decidiu levantar-se, enrolando-se no lençol. Olhou ao redor, ainda um pouco tonto, e só então viu a mancha de sangue na cama.

Seu coração parecia pesar uma tonelada agora.

O chuveiro foi desligado e pouco tempo depois Sophia saiu de lá enrolada numa toalha, pouco preocupada. Parecia que absolutamente nada de anormal havia acontecido. Só foi parar quando o viu olhando para a cama, quieto, segurando o lençol na cintura.

– Por favor, não me diga que era virgem – ele murmurou, e então coçou a cabeça, amargurado.

– Prefere que eu guarde segredo?

– Teve vários namorados. E tem o Lucas...

– Você sabia, Henrique. Não diga que não.

No fundo ele sabia. No momento em que o ato ia se consumar, ao ver a expressão de dor dela, soube que não havia como não ser virgem e até se preparara para isso.

– Você... – ele fechou os olhos, balançou a cabeça. – Por que você fez isso?

– Isso o quê?

– Por que me seduziu dessa forma?

Ela riu ironicamente.

– Seduzi? Sério? Vai realmente dizer que eu te seduzi?

– Eu amo minha mulher! – ele bradou. – Veja o que me fez fazer!

– Ama? Quem trai ama?

– Ela me traiu primeiro, eu apenas... – ele fechou os olhos e ficou com a cabeça tombada para trás. – Apenas queria deixar as coisas iguais, mas não com você! Eu me arrependi, eu não...

– É isso então esse chupão? – ela apontou a marca no pescoço dele. – Mas que casal lindo. Um trai, o outro revida.

– Cale a sua boca! – Ele segurou-a pelo braço fortemente, chacoalhando-a. – Eu *amo* minha esposa, e ela me ama!

– Então volte pros braços dela agora! – Sophia gritou em resposta, soltando-se da mão dele num movimento brusco. – Volte e beije os seios dela, e acaricie o corpo dela. Pergunte-se quem foi o outro que fez o mesmo.

– Foi há quinze anos!

– Ótimo! Se faz tanto tempo e não faz diferença, o que diabos é esse chupão no seu pescoço?!

– É uma idiotice! É um erro!

– Eu sou um erro?

– Você é o maior erro que já cometi em toda a minha vida. Trouxe-me aqui, me deu vinho e...

– Vinho? Essa é sua desculpa?

– Acha que teria acontecido se eu estivesse em perfeito estado? – Duvidou, e então soltou uma risada sarcástica. – Não me conhece.

Com os olhos em fúria verde, Sophia puxou com força o lençol de Henrique, deixando-o nu. Então soltou a própria toalha e, segurando-o pelos ombros, trouxe-o para perto dela, imediatamente beijando-o com ardor.

A reação dele foi um misto de desejo e ódio. Segurou-a pela cintura com as duas mãos, sem delicadeza, apertando-a. Aquela raiva não combinava com a pele delicada da menina. Deixara marcas vermelhas carimbadas de seus dedos no tecido imensamente branco da pele de Sophia. E só se soltaram quando *ela* interrompeu o beijo.

– Devo ter te embebedado antes de acordar, não é, professor?

Assustado, porém sem transparecer, Henrique finalmente se deu conta do poder que Sophia exercia sobre ele. Ela era exatamente – *exatamente* – como uma droga. O prazer que proporcionava era tão grande quanto a culpa e os potenciais danos que podia lhe causar.

Os piores venenos vêm nos menores frascos. Os melhores perfumes também. E Sophia era uma mistura de ambos.

– O que quer de mim, Sophia? – Ele ergueu o lençol novamente, constrangido.

– Não quero nada de você, professor. E mesmo se quisesse, não ia conseguir.

– Conseguiu me levar pra cama.

– Essa nunca foi a intenção.

Henrique deu um soco no guarda-roupa, que fez bastante barulho.

– Não diga que não foi intenção! Não minta na minha cara!

– Acha que eu planejava realmente? Acha que eu vivia em função disso? Agora vai dizer que eu planejava que me visse nua e até que torcesse o pé.

Então o que o trouxe até aquele momento?

Matemática simples.

Tão fácil quanto somar e subtrair.

– Parece razoável que planejasse perder a virgindade com seu amor platônico.

Sophia não respondeu. Apenas o encarou com a imensidão verde de seus olhos lubrificando-se de lágrimas aos pouquinhos, quase imperceptível. Então, ela abaixou-se, pegou cada peça de roupa dele e atirou em Henrique.

– SUMA DO MEU APARTAMENTO! Saia já daqui!

Uma frase ecoou em sua cabeça: "O amor de uma mulher é mais perigoso que a raiva de um homem".

Quando as peças de roupas acabaram, ela começou a jogar objetos, e ele foi obrigado a sair pulando e enfiando as calças. Só colocou a camisa quando já estava fora do apartamento.

Ele não sabia com que cara ia aparecer em casa. E também não fazia ideia de como ia olhar para Clara. Sua filha tinha exatamente a idade de Sophia e era só mais uma forma de se sentir criminoso.

Dois dias fora de casa. Saíra irritado, certo do que fazer, cuspindo fogo, traído. E voltava abatido, culpado, querendo apagar a própria existência.

Quando abriu a porta ainda eram sete da manhã. Ia chegar atrasado na escola, sabia disso. Mas sentia que era muito melhor enfrentar a diretora do que a esposa. Ou mesmo a filha.

Clara e Susan tomavam café na mesa quando chegou. A esposa, abatida, servia-se de café, enquanto a filha tomava leite com achocolatado. Tão logo entrou na cozinha, as duas olharam para ele imediatamente, como se fizesse meses que saíra de casa, como se não esperassem que voltasse.

– Bom dia, pai – disse Clara, acabando de tomar o leite. – Já estou atrasada. – Levantou-se e deu um beijo na mãe, e depois no pai. – Até mais tarde.

A menina deixou a casa e pra trás ficou o silêncio entre Susan e Henrique.

Ele sentou-se à mesa e a olhou por um tempo, sem nem saber o que sua face estava expressando. A de Susan era uma imensa confusão de culpa e ao mesmo tempo raiva.

– Você me traiu, não foi?

– Sim.

Os olhos dela se encheram de lágrimas.

– Ontem seu amigo veio aqui.

– Meu amigo?

– Fred.

Até onde ele sabia, Fred e Susan se odiavam. Um desprezo que vinha de ambas as partes por motivos opostos. Fred era o amigo "má influência" e Susan era a mulher que havia roubado o companheiro de festas.

– O que Fred veio fazer aqui?

– Veio perguntar o que eu te fiz para que me traísse com uma garota dez anos mais nova numa festa qualquer.

Ele ia bradar que não a traíra com aquela mulher, apesar de tê-la beijado. Mas decidiu que preferia que ela achasse que sim. Que fora com alguém dez anos mais novo, e não vinte e três.

– E você disse? Disse que me traiu também?

– Não tenho que dar satisfações àquele vagabundo.

Ele riu, ironicamente.

– Então eu posso passar por traidor, mas você não.

– Foi há quinze anos.

– E você nunca me disse.

– Ótimo, se você gosta de pensar que estamos quites, tudo bem. Mas quero saber o nome dela.

– Não perguntei – ele respondeu. E em parte era verdade. A mulher com quem ela pensava que Henrique a havia traído realmente não lhe disse o nome. – E também não perguntei o nome do homem com quem me traiu.

– Uma qualquer, Henrique...

– Quer parar de me culpar como se não tivesse feito nada?

– Quinze anos!

– E eu me senti um estúpido idiota de ter feito o que fiz! Jamais, *jamais* teria te traído se não tivesse feito isso primeiro. Foi forçado e sem a menor das intenções!

– Ah, claro. Acredito nisso.

– Sabe o que eu penso quando lembro da sua traição? – Ele quase havia se esquecido da própria culpa nessa hora. – Eu penso nas chances que havia de ter engravidado numa única noite e, então, imagino que não foi só uma noite e, sim, um caso que teve com alguém que você conhecia muito bem o nome, e não um qualquer com o qual você não se importava, até porque, isso não faz o seu estilo. E então penso que esse homem com quem você teve um caso foi pai do filho que você nunca teve e nunca mais terá, nem comigo nem com ninguém.

Nessa hora Henrique engoliu em seco e lembrou-se da noite de ontem. Fechou os punhos e desviou o olhar, pensando na possibilidade de ter engravidado Sophia.

– Me desculpe! – ela gritou, com a voz esganiçada do choro – Me desculpe!

Como ele podia fazê-la se sentir tão mal, tendo ele mesmo dormido com uma aluna menor de idade?

– Tenho que ir pra escola. Já perdi a primeira aula.

Henrique deixou a esposa na cozinha, chorando, e foi tomar um banho rápido para ir ao trabalho. E só uma expressão deixava claro como ele se sentia agora: um grandessíssimo filho da puta.

# Capítulo 9

# Sentimento perdido

Naquele dia, na escola, Henrique teve que se esforçar ao máximo para se controlar perto de Sophia. Momentos tensos, passando no corredor perto dela, vendo-a com Lucas, lembrando-o de seu crime. Seus olhos verdes marejados e, notara, inchados de choro. Aparentemente fraca, a maldita, forte como era, agora uma pequena menina, uma criança machucada e abusada. E linda. Imensamente linda.

E o dia correu tenso, exigindo tudo de Henrique, até a hora do maldito clube de filosofia.

E, na verdade, a garota não apareceu. Foi direto para o apartamento, pelo menos ele imaginava que sim.

Menos mal.

Pelo menos aquela hora de conversa não teria frases acusatórias ou brigas trocadas no silêncio dos olhos dela.

De qualquer forma, ainda havia algo que Henrique precisava falar com ela. Ia precisar passar no apartamento da garota mais tarde.

Até pensou em deixar para depois, mas era algo mais urgente. A menina precisava tomar a pílula do dia seguinte o mais rápido possível.

Tão logo o último sinal do dia bateu, Henrique arrumou o próprio material rapidamente, sentindo o estômago pesado por ter que ir falar com ela, mas era algo que precisava fazer.

Um dia, Henrique havia enfiado na cabeça que as pessoas haviam se arrependido de muitas coisas na história da humanidade, mas poucas se arrependeram de serem fortes e de fazerem a coisa certa. Era algo que lhe empurrava para frente em situações como essa, principalmente por se arrepender tanto de ter feito a coisa errada na noite anterior.

Mas, antes que pudesse sair, Lucas o chamou.

O garoto estava abatido. De cabeça baixa, com os cabelos ruivos jogados no rosto. Lucas era um bom rapaz. Estudioso, tímido. Dera aula para ele desde muito antes, de Matemática. As notas não eram as mais altas, mas também não tinha problemas.

– Professor, posso falar com o senhor um momento?

Henrique olhou para o relógio e então de volta para o menino.

– Claro.

Ele comprimiu os lábios já finos e então encheu o peito de coragem.

– Será que... Será que a Sophia falou algo com o senhor?

– Como assim?

Ele engoliu em seco. Cada frase era uma batalha.

– Ela está triste. Tem estado triste o dia todo. E eu pensei se... Por acaso ela lhe disse algo. Ela gosta muito do senhor.

O coração de Henrique pareceu bater mais fraco por um momento.

– Não, Lucas, ela não me disse nada. Não temos essa intimidade.

– Bem, então... Será que o senhor poderia falar com ela?

– Lucas, você é o namorado dela, é você quem deve consolá-la.

Ele mordeu o lábio e Henrique conseguiu ver claramente seu olhar tremer um momento, a garganta comprimindo, esforçando-se ao máximo para controlar o choro iminente.

– Ela não fala comigo. Pensei que talvez fosse algo que eu fiz. Mas ela disse que não e... me mandou deixá-la em paz.

– Bem, honestamente, não acho que posso ajudar...

– Você pode. – Ele rapidamente esfregou os olhos, antes que qualquer lágrima rolasse. – Ela lhe ama. Ela lhe ama desde sempre. Ela vai lhe ouvir, ela vai lhe deixar ajudá-la.

Henrique não soube o que pensar disso. Ele tinha a desconfiança que ela podia ter algum amor platônico por ele, mas não que Lucas pudesse saber.

– Do que está falando, ela é sua namorada, ela...

– Ela lhe ama! – insistiu Lucas. – Ela não ama mais ninguém. – Ele balançou a cabeça, os olhos vermelhos, mas sem chorar. – Preste atenção, professor. Nunca reparou nos olhos dela perto do senhor? A pura admiração, a devoção, o respeito. É um olhar que ela nunca deu a ninguém mais, nem aos ex-namorados. Eu sei disso, todos sabem. – *Todos* era um número grande demais. – Sophia não fala com ninguém. Sophia não conversa com ninguém, nem comigo. Sophia só fala com você. E quando fala, se abre, e seu corpo parece mudar, e seus olhos brilham. Sophia lhe ama.

– Ora, Lucas, isso é besteira... Respeito e admiração não podem ser confundidos com amor.

– Amor platônico, não foi sobre isso que falamos no clube de filosofia? O corpo de Sophia me pertence, mas a alma é inteiramente sua. E hoje ela está triste, e Sophia nunca fica triste. – Ele respirou fundo, tomando fôlego para continuar. – Sophia jamais fica triste. E agora que está, não sou capaz de ajudá-la. E é por isso que estou aqui, como um idiota que pede ao amor platônico da namorada para ajudá-la.

– Acalme-se, Lucas. – Ele tocou o ombro do garoto. – Posso tentar falar com ela, mas não espere que...

– Ela vai falar. Pra você, ela vai. Obrigado, professor.

Lucas baixou a cabeça e saiu da sala.

Henrique ainda estava tonto.

Sophia se reservava a falar e a se abrir com ele. Era verdade, sempre teve livre conversa com ela, e não foram poucas as vezes que ela influenciara sua vida positivamente. Mudando seu humor com os olhos que agora, ele sabia, eram só seus.

E agora, a Sophia que nunca fica triste, estava arrasada, justamente por causa da única pessoa para quem reservara sua alma.

Saindo da escola, foi direto para o apartamento dela. O porteiro, já suficientemente acostumado a deixá-lo entrar, não perguntou nada.

Ela demorou para atender a porta, e, quando o fez, tinha os olhos inchados e mais claros que o normal. Cenho franzido, nariz vermelho.

– Suma daqui – ela disse, e ia fechar a porta, se ele não tivesse enfiado o pé no vão.

– Sophia, preciso falar com você.

– Não preciso ouvir mais nada.

– Precisa. Vou ser breve.

Ela deu um passo para trás e ele abriu a porta. Então entrou, ficou em silêncio um tempo, observando o lugar já completamente arrumado da bagunça que fizeram.

– Precisa aprender a disfarçar mais – ele disse, seco.

– O quê? – ela perguntou, incrédula.

– Está chamando muita atenção. Lucas me pediu para ajudá-la. Invente algo que seja motivo para estar triste e confesse a ele.

– Não acredito que esteja dizendo isso.

– Lucas veio com uma história absurda...

– É verdade.

– Hein?

– É bem a cara do Lucas entrar em desespero por eu estar triste. Entendo ele. Entendo que tenha ido atrás de você pra pedir que me ajude, porque é o que eu faria por você. Iria atrás de quem você ama pra pedir que lhe ajude.

– Sophia...

– Não preciso tomar pílula do dia seguinte, professor. Tomo anticoncepcional.

– Disse que era virgem.

– Tomo pra controlar meu ciclo menstrual.

Ele fez que sim com a cabeça.

– Bem...

– Pode sair agora.

– Sophia...

– Eu não vou fingir que não estou triste, professor, sinto muito. Se quiser, não vou à aula amanhã, mas não vou mentir pra quem me ama. Prefiro não dizer nada a dizer uma mentira.

– Você o traiu. Isso não é mentir?

– Não amo o Lucas.

– Mas ele te ama. Não foi isso que me disse?

– Não o amo e por isso o traí. E você, traiu sua mulher por quê? E ela, te traiu por quê? Por que te amava?

– Foi um erro.

– Sabe por que eu ainda era virgem, professor? Sabe por que tive vários namorados e continuei virgem? Porque não amava nenhum deles, e acho que é uma hipocrisia ridícula transar com quem você não ama.

– Achou que eu te amava por que transamos?

– Não! – Ela quase começou a chorar. – Só não achei que ia me tratar como uma vadia quando acordasse! Se me desprezava a ponto de achar que eu seria capaz de te seduzir pra dormir comigo, não devia nunca ter me tocado, não devia nunca ter dado a entender que se importava!

– Era apenas como a situação parec...

– EU AINDA SOU A SOPHIA! – ela gritou, arqueando o corpo, como se todas as suas forças não fossem o suficiente para bradar forte o bastante. – Ainda sou a mesma menina, a mesma aluna! E se achou que eu era capaz disso ao acordar, também achava antes!

– Olha pra mim, Sophia! – ele bradou. – Sou um homem casado de quarenta anos com uma filha da sua idade! Olha a situação em que me coloca! É claro que eu ia reagir...

– E você *dormiu* comigo! Olha a situação em que *você* se colocou! E você me beijou, e me tocou como se nada disso fosse real! Aconteceu! Aconteceu e ponto-final! E na hora que você parar de dar voltas na sua cabeça pra tentar arranjar desculpas pra isso, daí sim, você pode vir falar comigo.

– Ah, claro, como se você tivesse tentado impedir.

– Meu erro, e o assumo perfeitamente, foi ter traído um namorado que sabe que não o amo. Não era crime nenhum da minha parte transar com o homem que amo há tanto tempo. Crime era você trair sua esposa com uma aluna menor de idade. E se não impedi, e não fui contra, e se até gostei, e se faria de novo mil vezes, é porque não tenho motivo nenhum para evitar isso. *Você* devia ter se impedido, *você* devia ter dito não, *você* devia ter pensado na sua esposa. Mas não o fez, e agora quer dividir seu crime? Não sou cúmplice sua aqui, professor.

– E eu não disse não? E quando eu disse não, o que você fez? Não seja hipócrita, isso não condiz com você, Sophia.

– Acredita mesmo nisso, Henrique? Que sua culpa foi diminuída por ter dito não? O que acha que as pessoas diriam se tentasse se explicar? "Eu falei que não, mas ela insistiu, então aconteceu".

– Eu sei que eu sou culpado! – Ele pensou na esposa agora, e na própria filha, naquela situação. Uma menina de dezessete anos, numa discussão daquelas. Sentiu pena, quis protegê-la, quis abraçá-la e pedir desculpas. – Eu sei que se quisesse ir até a delegacia agora não estaria menos do que certa e eu não estaria menos do que preso.

– Então agora volte pra sua casa, dê um beijo de boa-noite na sua filha, deite a cabeça no seu travesseiro, faça amor com a sua esposa, diga que a ama, e me esqueça completamente, seja feliz como se nada tivesse acontecido, porque eu não vou denunciá-lo. Livre da culpa agora?

– Sophia, o que diabos quer de mim?

– Já disse, professor. Não quero nada. Assim como o Lucas nunca terá o meu amor, nunca terei de você o que quero. Se está se sentindo melhor sabendo que não vai ser preso por transar com uma aluna menor de idade, apague isso da sua cabeça e pronto.

Henrique desistiu de brigar. Sentiu que não ia fazer diferença nenhuma. Sophia estava certa, já não havia nada para ser dito.

Ele tocou a maçaneta e preparava-se para sair. Mas se interrompeu.

– Sophia... Por que resolveu dar uma chance ao Lucas?

– Saber que ele me ama como eu te amo me dá pena. De ele me ver todos os dias e não poder me ter.

– Está com ele por pena?

– Sim. E ele sabe.

# Capítulo 10

# Amigo

Henrique não foi direto para casa. Antes, ele tinha um assunto para resolver.

Nunca gostou de ir à casa de Fred. Como era solteiro, seu apartamento era normalmente um enorme caos. Não havia água, só cerveja e, quando muito, vinho. Caixas de pizza se acumulavam em qualquer lugar até que a pilha se tornasse insustentável. Não era exatamente um lugar que lhe agradava.

De qualquer forma, foi até lá de surpresa, e encontrou o amigo assistindo televisão de calção e regata branca, com uma cerveja aberta ao lado do sofá.

Foi convidado a entrar. Reparou que o amigo ficou tenso ao vê-lo.

Sentou-se num canto do sofá que não tinha latinhas ou papéis jogados. Chegava a ser um lugar engraçado. O amigo sentou numa poltrona que já estava afundada no formato exato do dono.

– A que devo sua visita, Henri? Quer sair de novo?

– Não. Longe disso. Susan disse que você foi em casa um dia depois da nossa saída.

O amigo contraiu os músculos e se ajeitou melhor na poltrona. Reparou que ele assumira posição de defesa. Henrique não fazia ideia que ele se sentiria tão culpado assim.

– E o que ela disse?

– Como o que ela disse? Tudo, oras.

Fred bateu o punho no encosto da poltrona, agora liberando a raiva que tinha mantido dentro da pose de defesa.

– Henri, eu sempre quis te contar. Tem que entender.

Henrique quase, *quase* perguntou "contar o quê?", mas os anos fazendo Matemática por paixão a Susan o ensinaram a ter raciocínio lógico aguçado e bastante rápido. Então entrou no jogo.

– Mas não me contou, e jamais irei te perdoar por isso.

– Eu te avisei! Eu tentei te avisar! Eu falei que casar com a Susan não ia ser uma boa ideia! Cara, ela era muito gata, e você me conhece.

Por um momento Henrique ficou cego.

Em seu interior, ele rogava a qualquer entidade que fosse lhe ouvir.

"Não, Fred não, não o Fred, Susan e Fred não..."

Perder a esposa e um amigo era mais do que esperava.

Seu peito congelou, e ele se encheu de uma maré fria de tristeza.

– Você e Susan... fingindo se odiarem, fingindo não se tolerarem...

– Não era mentira no começo, Henri... E há quinze anos teve aquele lance, e eu quis ir falar com você, mas ela não deixou... Cara, ela desconfiava até que Clara não era sua filha. Aposto que ela não disse isso. Aposto que só desceu o cacete em mim.

O mundo de Henrique estava desmoronando de tal forma que podia sentir o chão ruindo em milhões de pedacinhos.

– Não só o caso do filho abortado, mas *antes* também.

Foi aí que Fred percebeu que Henrique não sabia da maior parte. E foi o erro de Henrique, pois não extrairia mais nada do "amigo". Nada além do que já fora dito.

– Ela fez um exame escondida. Com um fio de cabelo seu – ele confessou. – Clara é sua filha, não se preocupe.

– E se não fosse, por acaso ela teria me confessado isso?

– Eu exigiria que sim. Faria questão de assumir a Clara.

Clara, filha daquele sem família, daquele homem que sequer sabia cuidar de si próprio, ou cozinhar um arroz que fosse. Aquele monte de gordura saturada em forma de corrente sanguínea, pai de Clara? Da sua menininha? Sentiu asco só de imaginar.

– Era só disso que eu precisava saber – disse Henrique, se levantando antes que seus olhos mostrassem lágrimas.

– Eu quis te falar, Henri... Quando fui à sua casa, desconfiei que tivesse descoberto sobre nós, ou ao menos sobre ela. Fui pedir a ela que assumisse que foi comigo.

– Não muda muita coisa – respondeu, seco, saindo do apartamento imundo.

Não estava bravo. Estava triste. Decepcionado. Destruído. A mulher que tanto amou, *que tanto ama*. Essa mulher o traíra numa época em que tudo que sabia dizer era seu nome. Numa época que de cada dez escritos, nove eram poesias sobre ela. Sempre com o mesmo desfecho: "Para minha paixão, meu amor e devoção. Susan".

O dia já estava longo demais. Já tivera momentos de tensão o suficiente para o mês. Sentia os nervos em frangalhos e até sua musculatura reclamava. Suas costas estavam rígidas, os olhos cheios de lágrimas querendo brotar. E ele as soltou, no carro, dirigindo, batendo no volante de raiva e, então, se lembrando daqueles tempos de jovem, do amor incondicional dedicado a quem o enganava com um de seus melhores amigos. Era uma dor estranha, que já se tornara física, um desconforto no estômago, um incômodo no peito, o coração fraco. Era agonizante.

Chegou em casa bastante tarde. Já era dez e meia e a esposa esperava, já deitada para dormir, lendo.

Pensou no que Sophia dissera.

*"... deite a cabeça no seu travesseiro, faça amor com a sua esposa, diga que a ama..."*

Descobriu que não era capaz disso.

– Susan.

Ela, que estava lendo um livro qualquer, baixou-o e encarou o marido por cima dos óculos de leitura.

– Chegou tarde.

Foi uma frase com muitos significados. Acusava-o de traí-la novamente.

– Fui falar com Fred.

– De novo aquele seu amigo ridículo?

Ele riu ironicamente, só porque as lágrimas já tinham secado no ar-condicionado do carro. Susan era muito mais inteligente que Fred, isso era óbvio. Conseguia permanecer na defesa durante muito mais tempo, mas por vezes ultrapassava os limites e beirava o exagero.

– Ridículo, Susan? Achava isso dele há quinze anos também?

O olho dela tremeu. Ficou muda por um tempo.

– Sempre achei isso dele – alegou.

E aí estava a zona do exagero. Nessa situação, Fred já estaria não só confessando, mas acrescentando muitos outros segredos.

– Susan, pare de ser tão ridícula. Fred já disse tudo. Disse até que precisou fazer um exame de DNA para confirmar que Clara é minha filha. E que queria me contar, mas acho que você não gostou da ideia.

– *Eu* pedi para que parássemos de nos ver! – ela tentou se defender – EU! Já faz dois meses que não nos vemos, porque eu briguei com ele! Por você! E aposto que ele não disse que veio aqui dizer que você me traiu na esperança que eu pedisse o divórcio!

Pronto.

A melancolia de ser traído há quinze anos havia se transformado na raiva de ser traído *durante* quinze anos.

– Dois meses, Susan? Dois meses?!

Ela não respondeu. Ficou apenas encolhida na cama.

– Tem mais alguma merda que não me falou? Porque isso está ficando melhor e melhor a cada vez que mexo no assunto.

– Ele não...

– Não! Ele não me falou que vocês continuaram se encontrando mesmo depois do aborto!

– Henri, tente entender, eu te amo, de verdade...

– Pro inferno! Pro raio que o parta! Você não me ama, você me fez de idiota por quinze anos!

– Eu te amo, eu juro! Eu tentei dizer que estávamos caindo na rotina e...

– E para sair da rotina transava com meu amigo?

– Fred não é nada para mim! Ele é só um vagabundo!

– É seu amante por tanto tempo quanto somos casados! E se ele é um vagabundo, você é a amante de um vagabundo! Vocês se merecem!

– Henri, por favor!

– Por favor? Por favor?! Olha bem pra situação e diga se me perdoaria! Não me perdoaria nem se fosse o caso inicial, nem se tivesse sido só há quinze anos! Você *não me ama, Susan,* encare os fatos! Nunca amou! Só escolheu a mim no lugar dele porque Fred é um estúpido sem estabilidade nenhuma!

– Henri, em nome da Clara...

– Que podia nem ser minha filha!!!

– Ela é!!!

– E que grande sorte a minha, não?

Susan explodiu em lágrimas. Que foram compartilhadas por Henrique. Era *ele* que estava perdendo quem pensava ser a única pessoa em quem podia confiar de verdade. Ela estava apenas perdendo a estabilidade de sua vida.

– Nós vamos nos divorciar, Susan. Não há mais nada que impeça isso.

– Nem seu amor? Você me ama, eu sei disso... Você...

– Sinto nojo de você. Sabe quantas mulheres Fred vê toda semana? Como pode ter certeza que com todas elas ele esteve protegido? Como pode ter certeza que Fred não tem alguma DST? Como pode ter certeza de que não me passaria qualquer coisa?

– Ele diz que sempre...

– Fred sempre está mais bêbado do que sóbrio, não ouse dizer que ele te dá certeza de qualquer merda. Acabou, Susan. Simplesmente acabou. A lei não me permite levar Clara comigo, então ainda vamos ter que nos encontrar quando eu vier vê-la.

Susan chorava inconsolavelmente, soluçando.

– Pra onde... Pra onde você vai?

– Pra minha casa de solteiro. É pequena, mas é melhor que dividir o mesmo teto que você.

Henrique escancarou o guarda-roupa e começou a tirar de lá todas as roupas e objetos mais necessários. Puxou uma mala grande debaixo da cama e enfiou tudo lá dentro sem qualquer cuidado. Enquanto isso, Susan implorava, baixo, enquanto chorava.

Henrique se assustou quando saiu do quarto e viu Clara parada perto da porta, com cara de sono e tristeza ao mesmo tempo.

– O que está acontecendo? – ela perguntou.

– Clara! – gritou Susan, desesperada. – Peça pro seu pai ficar, peça pra ele, diga pra ele ficar!

– Pai? O senhor está indo embora? Por quê?

– Clara, agora não posso explicar.

– É por causa daquele seu amigo? – a menina perguntou, de ombros encolhidos.

Clara havia herdado o cabelo ruivo da mãe, o que a tornava bastante bonita, somado com os traços do pai. Mas quando estava triste, sua aparência de menina delicada a tornava semelhante a um gato filhote pedindo leite. Era de partir o coração.

– Clara sabia? – ele encarou Susan, sentindo o sangue fervendo nas veias. – Clara sabia?

– Desconfiava – admitiu a menina.

– Só o que eu esperaria de você era um mínimo de discrição.

– É você quem está destruindo a família! – bradou Susan, engasgando no próprio choro.

– Eu jamais contribuí para que Clara tivesse pais separados e uma mãe vagabunda!

Clara começou a chorar nesse ponto.

– Não fale da minha mãe assim! – ela gritou.

Henrique parou, respirou fundo e levou a mão à testa. Só se ouvia o choro agonizante de Susan.

– Desculpe. O pai está nervoso.

–Vocês vão se separar, então? – disse Clara. – Eu... Eu posso lidar com isso.

– Não! Clara, peça pra ele...

– Não! – gritou Clara, agora com a mãe. – Você mereceu isso!

Susan se calou, surpresa, então Henrique abraçou a filha, chorando. Pediu desculpas a ela, disse que a amava, e então saiu de casa.

# Capítulo 11

# Simples *Déjà vu*

Duas semanas se passaram.

Era sexta-feira, a temperatura era de, no máximo, 7° C, mas a ventania causava uma sensação térmica ainda menor.

Durante esses quatorze dias, Henrique havia se afundado no sofá da antiga casa, digna de um recém-saído da faculdade que se bancava com o salário de estagiário, como era na época em que montou aquela casa. Da escola pra casa, de casa pra escola. No fim de semana, fora visitar Clara. Almoçaram juntos e conversaram sobre os últimos dias. A menina disse que Fred tinha visitado Susan, mas não comentou mais nada ao perceber a expressão de dor do pai.

Ele, sempre voltado à literatura, relera cinco vezes seu livro de poemas favorito, sozinho em casa e sem ninguém para conversar durante as noites. Fizera, ele mesmo, um poema, e já nem se lembrava quanto tempo havia se passado desde o último que tinha feito.

Sophia nunca mais foi ao clube de filosofia do fim das aulas. Ele começou a sentir falta da menina, já que era uma presença constante. Sendo ou não apenas uma aluna, e ainda que vê-la lhe despertasse sentimentos de culpa dolorosos, era extremamente agradável conversar com ela. Mas era melhor assim. Era melhor não mexer muito no assunto já acabado.

Naquele dia em que o frio assobiava por entre as reentrâncias do colégio, Henrique notou que só George e Lucas iam participar do clube de filosofia e disse que não valeria a pena uma mesa-redonda que seria na verdade um triângulo. Aconselhou os meninos a adiantarem o fim de semana e correrem para debaixo de suas cobertas.

Quando, finalmente, saiu do colégio, um trovão o fez olhar para o céu e reparar no tempo apocalíptico. Sentiu vontade de ir para casa – onde estava sua família – se esconder debaixo dos cobertores abraçado à mulher que ama, com a certeza que sua filha estaria no quarto ao lado, e ignorar todos os urros do vento e o rugir dos trovões que o deixariam acordado a noite toda naquela casa pequena.

Mas não tinha essa opção, então entrou no carro e dirigiu para casa de solteiro.

Ainda muito próximo da escola, ocorreu-lhe um *déjà vu*. Foi só começar a chover, como se o céu desabasse de uma só vez, para que ele visse Sophia correndo e arrastando o malão.

E ele não queria – *não podia* – cometer o mesmo erro duas vezes.

Então parou o carro ao lado dela e abriu a porta.

– Carona até o ponto?

Ela parou quase assustada, com o cabelo já começando a pingar, e então os olhos verdes – e como ele sentira falta daqueles olhos – o acusaram.

– Não preciso da sua ajuda.

Ela dissera isso com tanta relutância que quase teve pena. Sophia estava se esforçando para bani-lo de sua vida, mas seu amor platônico era claramente maior que suas capacidades. Embora tenho feito um bom trabalho durante as duas últimas semanas.

– Sophia, vai ficar doente aí fora, está muito frio.

Ela olhou para os lados, suspirou e, então, entrou no carro, molhando um pouco o banco.

– Eu já estou doente.

Não tinha reparado, mas era verdade. O nariz vermelho, a voz levemente rouca.

Antes de dar a partida, ele tirou o moletom que vestia e entregou a ela.

–Veste isso, pode piorar.

Ela quis reclamar, mas não reclamou. Vestiu a blusa de bom grado, e, se ele não a conhecesse, pensaria que ela segurava as mangas à frente do rosto não pelo frio, mas sim para sentir o cheiro do perfume que usava.

Dirigiu com ela, em silêncio, até o ponto do ônibus, onde reparou, imediatamente, que a cobertura havia se partido e caíra no chão com a ventania insana daquele dia. Sophia pareceu simplesmente ignorar isso e já estava tirando o moletom para sair do carro quando ele a impediu.

– O que está fazendo? Não vai ficar na chuva nesse frio esperando o ônibus.

– E o que eu posso fazer? Não dá pra saber quando o ônibus vai passar.

– Posso lhe levar pra casa, sem problemas. Pra sua casa.

Sophia quase riu quando ele completou a frase. Ele corou, e, tão logo os pensamentos sobre o que ela poderia ter pensado sobre isso vieram, engataram imediatamente outros sobre o que já acontecera entre eles.

Sentiu-se frustrado. Frustrado por *ainda* estar sob esse tipo de efeito ao lado de Sophia.

– Não precisa. Sério.

– Sophia, já está doente, não vou arriscar que piore.

Ele quis dizer que a última vez que ela pegara chuva e por consequência uma gripe era praticamente sua culpa, mas se interrompeu.

– Por que se importa?

*Porque da última vez que ficou doente eu precisei ir ao seu apartamento para me sentir menos culpado, e se eu for lá agora não sei como vou me aguentar perto de você.*

Foi isso que ele pensou.

– Por que não posso me importar? Não desejo seu mal, sabia?

Foi isso que ele respondeu.

Aliás, pensando bem, não ter dado carona para Sophia naquele dia lhe custou abrir a gaveta de remédios onde Susan guardava o anticoncepcional. Não dar carona para Sophia lhe custou descobrir que tinha sido traído. Descobrir que tinha sido traído implicou a vontade de trair de volta e a passar a noite com Sophia. E durante aquela noite em que esteve ausente, Fred fora conversar com Susan e a conversa que tiveram fez com que o "amigo" entregasse toda a verdade ao ser minimamente interrogado.

Não dar carona à Sophia lhe custou o fim de sua família. Era até engraçado pensar nisso.

– É só me falar o endereço, eu te levo lá.

– Moro a mais de uma hora daqui, professor.

– Pode falar, Sophia. Eu te levo lá.

Ela explicou o endereço da melhor forma que podia, até que ele dissesse que sabia onde era. E então ficaram vinte minutos em silêncio.

– Não vai me perguntar?

Sophia sequer olhou para ele. Ainda tremia o queixo e de vez em quando limpava o nariz com uma caixinha de lenços de papel que ele tinha no porta-luvas.

– Não preciso.

– Sabe ao menos do que estou falando?

– Quer saber por que não perguntei o motivo de estar triste a semana toda?

– Então, simplesmente deixou de se importar?

– Faz alguma diferença?

– Ficaria feliz em saber que sim – ele respondeu, com os olhos no trânsito. – Seria bom para você.

Ela fez cara de desprezo para ele, e ele quase riu daquela expressão. Então ela voltou a olhar os pingos na janela.

– Todos sabem que você se separou. As notícias correm. E como tinha me dito que sua esposa lhe traiu há quinze anos, mas mesmo assim não ia se separar dela, imagino que descobriu que o que aconteceu uma vez pode acontecer outra, e quanto mais acontece, mais fácil é de se repetir. Então não preciso perguntar. Além do quê, se tivesse uma esposa te esperando, não estaria gastando uma hora pra me levar pra casa.

Ele balançou a cabeça, fazendo que sim. Então mais silêncio por uns cinco minutos.

– E o Lucas? Como está?

Henrique, de repente, se pegou com *muita* saudade de conversar com Sophia.

– Bem. Preocupado com a minha gripe.

– Precisa de mais remédios?

– Não. Já faz uma semana que estou doente, então deve passar logo.

Ele desviou os olhos rapidamente para olhar para ela. Ainda tremia. Não tinha reparado que Sophia havia estado doente por tanto tempo.

Estendeu um dos braços na direção da menina e tocou sua testa. Estava muito quente.

– Está com febre, Sophia.

–Vou ficar bem amanhã. Só preciso ir para casa dos meus pais.

Mais silêncio.

– Sophia... – faltavam apenas mais duas quadras para casa dela. – Quero pedir desculpas pelo que falei de você. Pelo que insinuei. Não sei por que fui achar isso justamente da minha aluna favorita.

Sophia não sorriu como ele esperava que sorrisse. Em vez disso, ficou em silêncio até ele parar na frente da porta dela.

– Não diga essas coisas, professor.

– Disse algo errado?

– Você ainda é minha referência de respeito e idolatria, independente do que tenha acontecido. Não sei se lembra, há um tempo, quando alguém falou na roda de filosofia que era possível amar e odiar alguém. Bem, nesse momento, eu quero te esganar e essa é a única coisa que me impede de querer te provocar até que me beije novamente. – Ela abriu a porta do carro. – Obrigada pela carona. Até segunda.

E saiu.

# Capítulo 12

# Jeito simples de esquecer

Henrique não pensou na esposa naquele fim de semana.

Os olhos verdes de Sophia e a tentação constante à qual era exposto perto dela faziam todas as más notícias simplesmente saírem de sua cabeça.

Foram os dois primeiros dias em que Susan não lhe ocorreu. Nos dois primeiros dias, sozinho em seu apartamento, não desejou tê-la ao seu lado. E, mais do que qualquer coisa, os dois primeiros dias em que não sentiu aquela dor horrível no estômago toda vez que se lembrava da traição.

Se ver livre daquilo não tinha preço, já que a saudade de Susan era algo constante nos últimos quatorze dias.

Sentiu falta dos olhos de Sophia quando voltou a lembrar de Susan pela manhã da segunda-feira. Ficou feliz que fosse ver a aluna novamente.

Na segunda, no entanto, Sophia não foi à aula.

Ficou preocupado, já que a menina estava doente. Então foi atrás de Lucas.

– Lucas, sabe onde Sophia está?

O garoto tomou expressão bastante entristecida, o que preocupou Henrique ainda mais.

– Ela está no hospital com pneumonia.

A pouca chuva que tomara naquele dia fora suficiente para piorar tanto a gripe? A carona não tinha sido suficiente?

A menina já estava com febre e provavelmente devia ter sentido frio a viagem toda. Condenou-se por não ter ligado o aquecedor do carro.

– Poxa... Mas ela está bem?

– Já está melhorando, sim.

Naquela tarde, quis visitá-la. Mas não seria bom se o professor de Filosofia visitasse, sem mais nem menos, uma aluna no hospital. Então, simplesmente foi para casa.

E em casa, pensou em Susan.

Chorou, bebeu. Dezessete anos de sua vida, de seu amor, jogados no lixo. Essa ideia simplesmente não saía de sua cabeça. Muita coisa, aliás, não saía de sua cabeça.

Sophia só foi para escola na quarta-feira, e ainda saía regularmente das aulas para tomar remédios.

Vê-la assim, tão delicada, tão fraca, lhe deu vontade de tê-la no colo e cuidar até que ficasse bem. Não entendeu esse sentimento, mas, contanto que não pensasse em Susan, tudo estava ótimo.

Susan doía. O amor doía. A parte de seu coração em que ela ainda habitava doía. E ele nem sabia que era capaz de doer tanto assim.

Na hora do clube de filosofia, quando Sophia voltava para seu apartamento, Henrique foi atrás dela. Pediu que ficasse. Perguntou se estava tudo bem. Sentia-se como um maldito drogado indo atrás de mais uma dose que lhe aliviasse a dor.

– Desculpe, professor, vou voltar para casa. Ainda está frio, e vai esfriar mais à noite. Volto a participar do clube de filosofia quando estiver bem.

– Claro. Claro... Até amanhã, Sophia.

O dia ficou incompleto. E ele, em casa, voltou a pensar em Susan. Voltou a pensar em como amava a esposa e lembrou-se de todas as palavras do último poema que escrevera para ela.

Maldita dor, maldito amor, maldita Sophia que não estava ali para fazê-lo esquecer do mundo, fazer parar a dor com aqueles olhos verdes e os sorrisos, as frases, as vontades, os mimos. Maldito ele mesmo, que desejava uma aluna menor de idade.

A que ponto chegara?

Henrique, que sempre valorizou a família, que tinha o amor como regra de vida, que tanto amou a esposa e que, de tão íntegro, chegava a ser chato. De repente, separado, morando sozinho, desejando uma criança ao seu lado para amenizar sua dor.

Na segunda-feira, Sophia finalmente ficou para o clube de filosofia, que agora tinha outra cara. Os outros quatro ficaram bastante contentes em tê-la de volta. Mas Henrique percebeu que a menina estava abatida. Fizeram a reunião e discutiram sobre René Descartes.

– Um de meus favoritos, devo dizer. "A filosofia que cultivo não é nem tão bárbara nem tão inacessível que rejeite as paixões; pelo contrário, é só nelas que reside a doçura e a felicidade da vida." – disse Henrique.

– As paixões são todas boas por natureza e nós apenas temos de evitar o seu mau uso e os seus excessos – disse Sophia. – Não poderia concordar mais.

E assim eles conversaram, divagaram, filosofaram sobre o filósofo que resolveu rejeitar tudo que sabia e começar as coisas do zero em seus conhecimentos, fugindo de padrões já estabelecidos. E novamente absorto pelo clube de filosofia – e Henrique não se sentia assim há muito –, teve a impressão de que tudo estava bem novamente.

E como um *déjà vu* das melhores épocas, quando o encontro do clube encerrou-se, Sophia despediu-se de Lucas e ficou na sala, com Henrique, para conversarem.

O professor sorriu e, internamente, sorria ainda mais.

– Isso significa que me perdoou? – ele perguntou.

– Isso significa que não aguento te ver sofrendo.

– Não estou sofrendo.

– É, claro. – Ela sorriu, e isso fez seu coração derreter. – Não vou mais te dar vinho, professor, quer ir até meu apartamento conversar? – ela corou, e ele achou que ela jamais coraria por nada que dissesse.

Ele sabia que não devia aceitar e sabia que devia ir pra casa e ficar sozinho mais uma noite, sem ninguém com quem falar a não ser seus demônios interiores. Mas, ele queria ter alguém que o ouvisse por pelo menos meia hora.

Então ele a seguiu. E adentrou mais uma vez naquele apartamento que tanto conhecia. Viu algumas caixas de remédio já vazias sobre a cômoda. Uma cartela do mesmo comprimido que lhe deu na primeira gripe. Um caderno masculino sobre a mesa, e ele reconheceu como o de Lucas. Um porta-retrato dos dois juntos, claramente era um presente do garoto.

– Você pode até não gostar dele, mas disfarça bem – disse Henrique, sentando-se no sofá-cama.

Ela sentou-se ao lado dele, ombro a ombro, a cabeça virada na direção dele, bem próxima do professor.

– Você chorou?

Ele deu um meio sorriso.

– Claro que chorei. Eu amava Susan. Ainda a amo.

– Não consigo te imaginar chorando.

– Por que não?

– Você ainda é o homem inquebrável e inatingível que eu sempre imaginei.

– Um homem assim, tão inquebrável e inatingível, não cairia na tentação de dormir com uma aluna, nem seria idiota de não perceber que não é amado pela esposa.

– Ela jogou fora um homem que faz poemas, entende de filosofia e matemática, a ama incondicionalmente e é lindo.

– Sophia, sou um idiota que dormiu com uma aluna menor de idade. Devia ter nojo de mim.

– Só se não fosse *eu* a aluna.

– Até um tempo também me odiava.

– Te amo e te odeio, com tanta intensidade que já não sei qual dos dois sentimentos faz doer mais.

– Não fica nem vermelha ao dizer isso?

Ela sorriu. Os olhos verdes brilharam, as bochechas pálidas emoldurando o sorriso. E ele se lembrou das palavras de Lucas.

*A pura admiração, a devoção, o respeito. É um olhar que ela nunca deu a ninguém mais…*

– Sabe o que eu acho? – ela disse, com os olhos amendoados muito próximos dele. – Eu acho que na encarnação passada fomos casados.

– Ah, é? E o que te faz achar isso?

– Se tivesse minha idade, estaria apaixonado por mim.

Ele riu, ela apenas sorriu junto, olhando a risada dele.

– Estaria é?

– E não foi você quem disse que não consegue imaginar por que um garoto me recusaria?

– Na sua idade eu já amava Susan, então…

– Então eu te salvaria de se casar com ela, e nós seriamos felizes, e você me faria poemas, e envelheceríamos juntos, e cuidaríamos de vários filhos.

Ele sorriu e nem soube por quê. Então, baixou a cabeça, ainda sorrindo.

– Teria sido melhor, indubitavelmente.

Sophia então se levantou, foi até a mesa com remédios e tirou um de uma cartela. Foi até a cozinha e o engoliu com água. Não teve a curiosidade de perguntar qual era. Simplesmente ficou pensando em quão delicada ela era, em contraste da força que parecia ter.

– Quer comer alguma coisa? – ela perguntou, da porta da cozinha.

– Ah, não, é melhor eu ir pra casa.

– Fica aí – ela mandou, apontando para ele. – Não tem que ir embora, não.

– Vai ficar tarde. Eu nem devia ter vindo e...

– Não tem ninguém esperando você em casa – ela disse, tão seca que o assustou. – E eu não mordo. Se não quiser.

Ele respirou fundo, olhou para o guarda-roupa, só para desviar o olhar.

– Não me sinto bem aqui.

– Mentira. Senão, não tinha vindo.

– Não *deveria* estar aqui.

– Mas está. E aí, vamos jantar? Prometo não fazer miojo.

Ele coçou a cabeça quando percebeu que ela o convencera.

– Quando *eu* morava sozinho, só comia miojo. Era só isso que sabia fazer.

– Não sou tão boa assim na cozinha. Mas sei fazer coisas melhores quando recebo visita especial.

– Não quero te dar trabalho. Já está tarde.

– Mas que coisa, homem! Fica aí sentado e espera!

Ele deu de ombros.

– Ok então.

E assim, Sophia voltou para a cozinha, e depois de poucos minutos ele já conseguia ouvir o barulho de facas, talheres, geladeira abrindo e fechando, panelas, tampas abrindo. Ouviu ela gemer de dor em algum momento, e foi até lá, e soube que ela havia queimado o dedo numa panela e o botado debaixo da água.

Ficou parado no batente da porta, sorrindo, enquanto ela se movia de um lado para o outro, cortava algumas coisas, lavava vegetais. Riu quando ela provou alguma coisa e fez careta. Então pegou mais sal e jogou lá dentro, mexendo rápido em seguida. Quando tudo estava cozinhando, ela respirou fundo e tomou um grande gole de água.

– Se eu tivesse essa disposição para cozinhar na minha época de estudante...

Ela respondeu pegando uns seis pacotes de miojo e mostrando a ele, rindo.

– Não sou tão especial assim.

Ele torceu o nariz para isso.

Ela era especial. Não havia nenhuma outra garota como Sophia. Nenhuma tão inspiradora, tão madura, tão surpreendente.

No início ele achava que qualquer adolescente com quem ela estivesse seria extremamente feliz e sortudo, mas agora ele via que ter um relacionamento com Sophia era como ter muito dinheiro emprestado. Você tem, mas não é seu. Aqueles olhos, tão imensamente verdes, todo o imenso amor que a menina guardava, tudo isso era dele, e não de Lucas ou dos demais garotos de sua idade. E ele não podia retribuir isso.

– Posso perguntar o que está fazendo?

– Não – ela riu. – Surpresa.

– Aposto que vai me envenenar.

– Oh! – ela tapou a boca com a mão. – Como descobriu?

– Não acredito que uma menina da sua idade possa se dedicar tanto a um velho como eu.

Sophia ignorou a resposta, de bom humor. Abriu uma das panelas e provou o que lá estava.

– Se for veneno, vou morrer também. Vá lá sentar, vá.

E ele obedeceu. Foi só depois de uns vinte minutos que Sophia colocou alguns pratos na mesa, eliminando os livros e cadernos que estavam lá. Serviu o arroz e uma carne num molho especial, e uma salada decorada com tomatinhos e alface. Sorridente, sentou-se e pediu que ele fizesse o mesmo.

Henrique tinha que admitir que jantar com ela fora a melhor ideia daquela noite. Ter alguém ao seu lado era muito melhor que se afundar em casa e pensar em Susan. E também acabou comendo melhor do que se tivesse feito a própria comida. Apesar de estar bastante incomodado no apartamento de uma aluna àquela hora, apesar de achar errado, estar com ela era ótimo.

– Bem, Sophia... – Ele disse, depois de acabar de comer a sobremesa com Nutella que ela improvisara. – Melhor eu ir.

– Não pode ficar mais?

– São dez e meia, Sophia.

– Poderia dormir aqui.

Ele riu ironicamente.

– Claro, e podia também me mudar para cá.

– Poderia. Não tem ninguém...

– Não tem ninguém me esperando, eu sei – ele a interrompeu. – Mas as pessoas não dormem umas com as outras só porque estão sozinhas.

–Você vai ficar triste – ela disse. Estava de pé perto do sofá, e ele já estava no caminho até a porta. –Vai se lembrar dela.

Era verdade. Ou não. Pelo menos por um tempo, Sophia manteria Susan distante de seus pensamentos. A culpa era tão intensa que ocupava completamente sua cabeça por dias. Era como se cortar e sentir dor física para esquecer-se da dor sentimental. Um modo simples de esquecer, ainda que errado. E ele, agora, estava ali justamente para isso. Ter mais uma dose de culpa que o consumisse em vez da dor de lembrar a traição. Mas, com certeza, antes de dormir, ele se lembraria de Susan, da vida perdida, de toda a dor. E teria sonhos em que sua menina, a ruiva da faculdade de Matemática, a mulher que o fizera terminar

Filosofia e começar a mesma faculdade que ela, tão diferente do curso que escolhera. O amor de Henrique pelos números – que era tão grande quanto seu amor pela Filosofia – vinha de Susan. E para estragar tudo, Fred, seu amigo de Economia, o baladeiro, o que lhe empurrava para todas as festas. O que dizia que o maior erro que Henrique podia cometer era casar-se com Susan. E ele falava a verdade.

– Prometo me esforçar para não lembrar.

–Você pode ficar. – Seus olhos quase ficaram tristes. – Fique.

– Sophia, o que você sente... Obrigado por gostar tanto de mim, mas...

– Eu sei que não me ama. Sei que não sente, na verdade, praticamente nada por mim. Sei que jamais sentirá. Não precisa me explicar isso. Mas está triste. Está sofrendo, e quando está comigo, sinto que posso afastar isso de você. Não quero te deixar ir porque sei que longe de mim vai se lembrar de tudo que quer esquecer.

Ela estava certa. Em cada ponto e em cada vírgula.

–Acha certo? Acha certo que eu a mantenha por perto só pra não pensar na mulher que eu amo?

– O que é certo não importa nem um pouco.

– Importa. Importa muito que você seja menor de idade.

Ela riu.

– O que aconteceu uma vez pode acontecer de novo, seu crime não vai aumentar.

Ele se aproximou dela, tocou-a nos ombros.

– Eu não te amo, Sophia, e você sabe disso. Se eu ficar, vai ser egoísmo de minha parte, não vou te usar pra esquecer a mulher que amo.

– Não me importa.

– Claro que importa. Você é mais forte que isso. Merece mais do que ninguém ser amada. Merece...

– Mereço algo que nunca vou ter.

– Lucas te ama.

– A maior parte dos meus ex-namorados ainda pede pra eu voltar com eles. Isso não significa nada.

–Você pode ter quem quiser, Sophia.

Ela se afastou, dando as costas para ele.

– Impressionante como você me acha forte e digna do amor de todos, menos do seu.

– Tenho o dobro da sua idade, Sophia. Às vezes parece que esquece.

– Não consigo esquecer porque você faz questão de lembrar.

Sophia, a garota mais madura que já conhecera, dos olhos acusatórios, da coragem, da força. Independente e inteligente, esforçada, curiosa e agora *implorando*.

– Pode ir então, professor. Se realmente não quer. Vá se lembrar da sua mulher. Volte pra sua casa e durma sozinho. Mas, hoje, antes de dormir, vai se lembrar de mim, e vai se arrepender, e vai desejar ter ficado pra terminar isso.

E assim, Sophia o beijou, e deixou claro que ainda tinha o completo controle sobre sua vida e seu corpo, pois não foi capaz de afastá-la, não foi capaz de se convencer que não valia a pena. Sophia sabia ser uma overdose de beleza e prazer quando queria.

E, exatamente como ela dissera, depois que *ela* interrompeu o beijo e o mandou para casa, já em seu apartamento, ele se lembrou da aluna, e da primeira noite que tiveram, do prazer proibido que era Sophia, e do quanto desejava ter repetido aquilo.

Mas, ao mesmo tempo, ficou feliz. Por não ter realmente acontecido de novo, ainda que, se ela quisesse, se o tivesse tentado mais, ele não seria capaz de evitar. E também porque, naquela noite, sua mente foi consumida pelos sonhos com a aluna, e não mais de Susan e Fred juntos.

# Capítulo 13

# Jeito simples de lembrar

Henrique passou a semana toda indo ao apartamento de Sophia.

E ela já não pedia que ficasse por lá, já não pedia que dormisse lá ou mesmo que ficasse mais tempo do que ele se permitia. Ele simplesmente ia, eles conversavam, riam. Por vezes, a ajudava em Matemática, o que não era raro. Na quarta assistiram a um filme. E ela deitava no sofá apoiada nele. Segurando sua mão, sem que Henrique a impedisse. E ela pegou no sono antes do filme acabar, e ele nem reparou que já passava das onze. Ele a colocou na cama, secretamente sorriu e a cobriu, para voltar para casa e dormir ele mesmo com aquele sorriso, de quem havia presenciado algo tão doce que adocicava a alma.

E quinta foi o dia que toda essa calmaria se esgotou.

Quando chegou em casa naquele dia, depois de ter preparado algo para ela – para agradecer por ter comido sua comida a semana toda – o telefone tocou.

O telefone não tocava há duas semanas, aquele número havia sido inutilizado pouco tempo depois de se mudar daquela casa. Ninguém mais o tinha. Então só podia ser uma pessoa.

– Susan?

Silêncio do outro lado. Então um suspiro tremido, um quase choro. E o telefone foi desligado.

Ficou sem saber como reagir. Encarou o telefone por alguns segundos, pensando no que podia ter levado a ex a isso.

Quando, finalmente pensou ter tirado o assunto da cabeça, a campainha tocou.

Receoso, ele olhou primeiro no olho-mágico. Só para confirmar que era exatamente quem temia.

– Susan.

– Sabe o quanto temi que não fosse você a atender? – ela entrou, sem que, na verdade, ele o permitisse.

– E se não fosse? O que você tem a ver com isso?

– Henrique, chega dessa brincadeira de separação. – Seus olhos estavam marejados.

– Brincadeira? Acha mesmo que é uma brincadeira?

– Nós nos amamos. Por que não pode simplesmente...

– *Eu* te amava, Susan. Você não me ama. Nunca me amou.

– Eu te amo, juro. Juro...

– Sua palavra não vale nada para mim.

Ela soltou um gemido de choro contido, tapando a boca.

– Henrique, eu juro que te amo.

– Ok, tudo bem. Mas me traiu. E não vou perdoar isso.

– Se realmente me amasse, buscaria motivos pra me perdoar, não pra me afastar!

– Se realmente me amasse, não teria me traído com meu amigo durante dezessete anos!

– Não foi constante... Nós paramos de nos ver por uns cinco anos, e nunca... Nunca mais de uma vez ao mês, nunca mais que algumas vezes no ano. Era só quando você estava... muito ligado ao colégio, muito distante.

– Agora a culpa é minha?

– Não! Não é sua culpa, nunca foi! Eu só me sentia um pouco deixada de lado e Fred...

– Susan, por favor, poupe-se de explicar. Isso me dá nojo.

Nojo e dor. Seu peito doía horrivelmente durante aquela conversa.

Amava Susan, não tinha como dizer que não. Amava Susan e vê-la implorar daquele jeito lhe doía de uma forma indizível.

– Há outra, não há? – ela perguntou, limpando as lágrimas torrenciais.

Por algum motivo, Henrique se lembrou de Sophia nessa hora.

– Susan, está sendo ridícula.

– Há, não há? – gritou.

– Não, não há ninguém! Está vendo alguém aqui? Quer vasculhar a casa?

– Se não tem outra, Henrique... Por favor, vamos recomeçar... Sei que ainda me ama... – ela deu alguns passos na direção dele, devagar.

– Saia da minha casa, Susan.

– Henrique, por favor... – estava próxima o suficiente para tocar-lhe. – Lembre-se de nós juntos. Lembre-se de nós... – acarinhou seu rosto, chorando. Mirou sua boca. Ele, nem sequer, em sua direção olhava. Mas seus olhos também estavam marejados. – Lembre-se do amor que tivemos.

Sentia falta de Susan. Sentia falta de abraçá-la e de poder conversar sobre qualquer coisa. Sentia falta das risadas, dos beijos, das palavras doces antes de dormir, de ter o calor de alguém para abraçar sem culpa. Sentia falta de sentir que o corpo dela era seu, para tocar o quanto quisesse.

Mas não aquela semana.

– Eu lembro, e agradeço que nosso casamento não tenha sido uma completa perda de tempo.

Então, Susan tocou seus lábios. Ele não impediu, mas também não retribuiu. Os lábios dela estavam molhados de lágrimas, e o beijo foi meio de canto, desesperado, tremido. Henrique se limitou a fechar os olhos e aproveitar o momento sem reação alguma. Foi quando uma lágrima rolou de seus olhos semicerrados, e ele achou que fosse cair em tentação, que fosse abraçá-la e voltar para casa com ela. Dormiriam juntos, abraçados como se não houvesse amanhã, desejariam que aquela noite nunca acabasse. Mas resistiu, sentiu-se idiota, já que não era isso que queria, não era isso que o faria feliz naquela noite. Ainda amava Susan. Dezessete anos de ilusão o moldaram bem. Resistir não lhe parecia a ideia mais inteligente. Entregar-se parecia muito mais racional. Amava-a, então por que não perdoá-la e voltar para sua família? Por que não deixar tudo para trás e...

Mas a imagem dela e Fred juntos – muito provavelmente em sua cama – lhe vinha à cabeça, impedindo-o de beijá-la novamente, de invadir sua boca sabendo que Fred fizera o mesmo tantas vezes.

Então Henrique simplesmente esperou que ela desistisse. Abriu a porta quando ela o fez. Susan chorou. Chorou muito. Soluçou.

– Adeus, Susan.

E se foi. De sua casa, de sua vida, mas não de sua mente, nem de seu coração.

No dia seguinte ele ainda se lembrava do perfume que Susan estava usando. Ainda se lembrava da tentativa de beijo. De seu rosto, de sua expressão de completa tristeza. Susan havia se pregado em seus pensamentos. E cada segundo fazia doer mais.

Sentia-se chato. Tão chato que chegou a ter pena dos alunos. Cinco foram para a diretoria. Precisou se esforçar para corrigir uma pilha de exercícios e não distribuir notas horrivelmente baixas.

Ele se lembrou de como a semana tinha sido boa. De como Susan havia sumido de seus pensamentos durante tantos dias, e de como isso era bom. Então pensou em passar mais tempo com Sophia para eliminar aquela dor que o consumia.

Naquela noite, depois da aula, como de costume, ele foi até o apartamento da aluna, que já sabia que algo havia acontecido, mas ainda não perguntara o quê.

– Então, passou o dia todo triste – ela disse, jogando o material sobre a mesa assim que entraram. – Quer conversar sobre iss...

Ele a interrompeu, segurando-a pela cintura. Apertando seus quadris, beijando-a como se fosse devorá-la, como um homem sedento. Ela sentiu-se engolida, pressionada, foi empurrada até a porta do guarda-roupa. Então, ela retribuiu, e só por aquela noite, Henrique não se lembrou sequer do nome de Susan.

# Capítulo 14

# Relacionamento confuso

Quando Henrique acordou pela segunda vez na cama de Sophia, ela ainda estava ao seu lado. O observava em silêncio. Sorriu quando ele abriu os olhos.

– Sophia...

– Não peça desculpas nem diga que isso não devia ter acontecido. Levanta, toma um banho, come alguma coisa se quiser. É sábado. Não se estresse.

Ela levantou da cama, completamente nua, andou até o banheiro e se cobriu com uma toalha. Como se fizesse alguma diferença.

Ele ergueu-se, sentado na cama.

– Acho que devia saber por que fiz isso.

– Provavelmente porque teve alguma discussão com a sua esposa... ou teve tanta saudade dela que quase se rendeu e precisava tirá-la da cabeça. Não precisa ter medo de que eu ache que me ama, professor.

Ele passou a mão pelo cabelo, então olhou para as roupas no chão, sem saber o que dizer em seguida.

– Não é justo com você. Foi egoísmo da minha parte.

– Continue egoísta o quanto quiser.

– Sophia...

– Pare de se culpar por um segundo, ok? Está tudo bem. Mesmo.

– Eu… – ele se levantou, segurando o lençol na cintura. – Às vezes eu penso que nada disso teria acontecido se Susan me amasse como você me ama.

– Se eu tivesse a chance de ter o seu amor, acredite, você não precisaria de ninguém mais.

Ele sorriu. Uma parte dele estava constrangida. Outra parte se sentiu tocada por aquelas palavras. Sem mais o que dizer, entrou no banho. Seu corpo tinha o cheiro do perfume doce de Sophia. E, enquanto a água escorria e lavava seu corpo, ele se lembrava daquela noite, se lembrava das expressões, dos gemidos e das palavras perdidas no meio da respiração arfante de ambos. Do olhar tão perdidamente apaixonado dela.

Sophia lhe fazia muito bem. Fazia sentir-se vivo. Também culpado, mas de qualquer forma, não ficava triste perto dela. Sophia era a chave para esquecer Susan. E só de pensar nela, assim, já se sentia extremamente culpado. Ainda tentava definir se a menina era um perfume ou um veneno. Se lhe faria bem ou mal. E, se ele faria bem ou mal a ela.

Quando saiu do banho, sentiu imediatamente um cheiro amanteigado no ar. Sophia estava na cozinha, acabando de tirar torradas do forno. Ela equilibrou uma bandeja até a sala e a colocou sobre a mesa.

– Sophia, não precisava ter feito isso.

– É o meu café da manhã, oras.

– Tem o suficiente pra três pessoas aí.

– Então acho que vai ter que me ajudar a comer, professor.

Ele quase riu.

– Preciso ir, Sophia.

– Não precisa não. Senta.

Ele puxou uma cadeira e se sentou. Então pensou em mil formas de dizer o que diria.

– Sophia... Eu realmente acho que isso vai te fazer mal.

– Por que acha isso?

– Estou aqui hoje, ok. Mas amanhã não estarei. E esse amor incondicional que tem, essa devoção... Eu não posso... Nunca poderei retribuir. Estou sendo egoísta de te usar pra esquecer a Susan. Uma hora vou cair na real e não vou mais voltar aqui. E aí você vai ficar triste.

Sophia tomou um copo de suco de laranja antes de responder.

– Não sei o que quero amanhã, professor. Só sei o que quero hoje. E hoje eu quero você.

– Acha que talvez possa se apaixonar por outro?

– Não. Não acredito nisso.

– Então... Hoje você quer que eu fique com você... Amanhã também vai querer.

– Então fique comigo. Até achar outra pessoa, até que se enjoe de mim. Você quer esquecer sua esposa, eu quero continuar do seu lado. Qual o problema?

– O problema é que tem dezessete anos.

– Se eu fosse mais velha...

– Se você fosse mais velha – ele a interrompeu – talvez nada disso tivesse acontecido.

Foi a vez de Sophia ficar confusa. Ele achou até engraçado que ela se surpreendesse com alguma coisa.

– Um dia antes daquela noite... Em que aconteceu pela primeira vez... Eu tentei trair minha mulher com uma mulher de uns vinte e sete, vinte e oito anos, não sei. E não consegui. Achei que, não sei. Talvez meu amor pela Susan tivesse me bloqueado. E no dia seguinte acontece com você, ainda que eu tenha tentado tanto evitar.

– E a que você atribui isso?

– Eu... – ele engoliu em seco. – Eu fico te vendo, sabendo que é errado, porque depois fico pensando no quanto isso é errado, e não na Susan. Você, Sophia... Você é uma menina incrível. Você é linda, é forte, independente. Mas, acima de tudo, você é... Absurdamente bonita. Quando decide me tentar...

– Imagino que a mulher que te deixou um chupão naquele dia devia ser muito feia.

– Eu não conhecia o corpo dela. Eu não a tinha visto, por segundos que fosse, nua, nem a carreguei protegida apenas por uma toalha. Sei que é errado dizer isso, mas não consigo tirar seu corpo da cabeça. Ocupa tanto meus pensamentos que me faz esquecer da Susan. É isso que eu sou, Sophia, é isso que é o homem que você tanto idolatra. Um idiota completo, um pedófilo tarado que está te usando pra esquecer a esposa que o fez de estúpido por dezessete anos!

Sophia baixou a cabeça. Baixou os olhos. Ficou em silêncio. Henrique achou que ela ia chorar, mas Sophia não chorava. Não na sua frente. Ela apenas permaneceu naquela posição um tempo, até finalmente dizer alguma coisa, com a voz ligeiramente tremida.

– Você acha que não dói? Que já não dói deitar com você e saber que nada mudou? Você acha que o tempo todo eu não sofri? Que eu não sei que é por causa de sua mulher?

Era isso que ele achava o tempo todo.

– Se dói, por que continua?

– Porque compensa. Nunca esperei que viesse ao meu apartamento, e de repente tenho tudo isso. É mais do que jamais sonhei. É mais do que considerei possível.

Foi a frase mais perto de ter vindo de uma menina de dezessete anos que Henrique a ouvira dizer. Simplesmente não condizia a ela.

– Espera que eu seja forte, independente, espera que eu saiba simplesmente não precisar de ninguém. Mas eu tenho dezessete anos! Eu sou fraca, fico doente se alguém espirrar do meu lado, amo e não serei retribuída! Nunca!

– Sophia, você é nova e vai se apaixonar por alguém...

– E se eu morresse amanhã? Eu viveria sem nunca ser amada por quem amo.

– Não vai morrer amanhã, nem nos próximos oitenta anos. Então simplesmente...

– Como pode saber? Como sabe se não vai bater o carro e fazer tudo ser em vão? Como você pode saber se não vou pegar uma doença e morrer? Eu só quero – ela quase, *quase* começou a chorar. – Eu só quero viver cada dia como se fosse o último. E não fazer planos para o futuro. Hoje eu quero que fique. Hoje eu estou viva, você está vivo, e estou feliz por estar aqui. Não me interessa se amanhã não estará, ou se amanhã estarei morta. Hoje você está aqui, hoje estou feliz. Não tire isso de mim. Não foi isso que o Lucas disse? Amor platônico é como cuidar de uma flor sem nunca esperar que ela te agradeça. Não espero que me agradeça, professor.

Ele passou a mão pelo cabelo, como fazia quando estava nervoso, confuso.

– Eu... Bem, certamente adoraria passar mais tempo com você sem me sentir mal com isso. Você me faz bem, afasta os maus pensamentos. Mas é errado...

– Para o inferno com o que é certo e errado. – Ela se aproximou. Ficou a um passo dele. – Você quer meu corpo, não quer? E eu quero você. O que há de errado nisso?

Henrique então imaginou como seria. Sophia não fazia plano algum para o futuro. Mas ele fazia. Então começou a se ver visitando a aluna constantemente, tendo outras noites como aquela. Recebendo seu sorriso e aqueles momentos em que ela deitava no sofá apoiado nele. Riam assistindo a filmes, e então ele sentia-se livre para acarinhá-la e beijá-la o quanto quisesse, quando quisesse, sabendo que Sophia ficaria mais e mais feliz dia após dia. O problema disso tudo era que não via um fim próximo para tal relação. Como Sophia dissera, aquilo se manteria até que se apaixonasse novamente, e não se via apaixonando-se por ninguém depois de Susan.

Mas decidiu que não ia pensar no fim daquilo antes mesmo de começar.

– Bem, Sophia... Não posso dizer que não gosto da ideia.

Ela sorriu imensamente. Então pulou no colo dele, fazendo-o ficar surpreso com a facilidade com que a segurou, de tão leve que era a menina. Talvez estivesse ainda mais magra do que quando a segurou da primeira vez, com o tornozelo machucado.

– Não vai se arrepender?

– Acho isso bem difícil, mas espero que não.

# Capítulo 15

# Poema de Sophia

As coisas iam bem.

Henrique aconselhara Sophia a manter o relacionamento com Lucas e fingir o máximo possível que o amava. Isso afastaria desconfianças. Mas, também, o fazia se sentir ainda pior. Exceto quando Sophia se consumia em felicidades quando estava perto dele, então aquele crime lhe parecia mais aceitável. Ficava difícil considerar erradas suas escolhas quando Sophia estava assim, tão feliz. Ficava mais fácil quando, sozinho em casa, pensava nessa situação toda.

Pelo menos uma vez por semana ele a levava a sua casa.

E aquela sexta-feira era um desses dias.

Eles já estavam na metade de um filme qualquer. Havia pipoca pelo chão, já que ela jogara várias nele e vice-versa. Riram e se divertiram. Sophia em seu colo, mas sem grandes contatos. Foi aí que a campainha tocou.

Ele pausou o filme. Imediatamente ficou tenso, já que ninguém lhe visitava naquela casa. Susan, eventualmente, ligava para ele para lhe avisar que alguém lhe procurara no telefone da antiga casa. Mas, Henrique não tinha certeza se a ex efetivamente passava o número novo para essas pessoas, ou usava a situação como desculpa para lhe telefonar.

– Sophia, é melhor você...

Ela não esperou que terminasse de falar. Levantou-se do sofá e correu até o quintal. Henrique esperou que ela se escondesse e foi até a porta. Obviamente era Susan.

– Demorou – ela observou. – Posso entrar? – perguntou, mas ele não abriu a porta o suficiente para que ela passasse.

– Diz daí. Não temos nada pra conversar.

Henrique olhou bem para Susan. Para o cabelo ruivo, para a expressão triste. E, em seu interior, percebeu o quanto a dor havia diminuído. O quanto aquela mágoa toda e o vazio do peito simplesmente tinham ido embora sem deixar cicatrizes. Sentiu-se capaz até de sorrir pra ela se quisesse, sem que se sentisse tentado a abraçá-la e dizer que a amava.

– Sinto sua falta – ela disse.

– Desculpe. Não posso dizer o mesmo.

– Sei que sente. Amava-me, não? Como isso pode ter desaparecido tão rápido?

Era algo que ele também gostaria de entender.

– Não sei.

– Tem outra?

– De novo essa pergunta?

– Você só vai me esquecer quando tiver outra no meu lugar. Você não é de se manter sem amor.

– Não há.

– Então me deixe entrar.

– Não vou ter uma recaída, Susan. Desista disso. Não vou voltar atrás.

Nesse momento Susan tapou a boca com a mão e começou a chorar silenciosamente, balançando a cabeça.

– Há outra. Há outra, eu sei que há!

– Minha resposta não mudou desde a última vez que tentou me convencer. Por que dessa vez não acredita que não há outra?

– Por que... da última vez... – Ela soluçava. – Você não queria porque... porque é orgulhoso, mas eu achei que se insistisse, talvez... – Ela tentou enxugar os olhos, mas novas lágrimas substituíram as que tinham sido secas. – Mas agora você não quer porque... porque não precisa mais de mim.

– Susan, poupe sofrimentos.

– Então me diga a verdade!

– Estou muito bem. Estou solteiro. Mas estou me encontrando com alguém. Era isso que queria ouvir?

– Não. Certamente que não. Pois saiba que ela jamais vai te amar como eu te amo!

– Tem razão. Ela me ama mais do que você nunca seria capaz.

– Então isso é sério? Vocês...

– Não, Susan. Vá embora.

– E você? Vai amá-la como me amou?

Ele não se imaginava amando qualquer pessoa mais do que amara Susan.

– Espero que não. Não quero sofrer outra vez o que sofri por sua causa.

– A porta de casa está aberta, Henri. Apenas volte. Por favor.

Dizendo isso, Susan deu-lhe as costas e, chorando muito, voltou para o carro.

Então Sophia voltou para dentro e parou ao lado de Henrique. Sorria muito e o abraçou tão logo ele fechou a porta.

– Wooah. Por que o abraço repentino?

– Eu virei alguém! – ela riu. – Meu Deus, como eu sou fácil de ser agradada.

– Com certeza – ele riu também e a beijou. – Você sempre foi alguém. Não se rebaixe assim.

– É, mas agora sou alguém *para você.*

– Sempre foi alguém para mim.

Ela sorria e ele sabia que seu coração estava acelerado. E, sendo bastante honesto consigo mesmo, o coração *dele* também estava batendo mais forte e nem sabia por quê.

– Vamos acabar de ver o filme, Sophia – disse, e a pegou no colo, levando-a de volta até o sofá.

– Sério que quer acabar o filme?

– Ué, você não quer? Você que escolheu e...

– Não é isso – ela sorriu, de novo no colo dele, no sofá. – Eu quero sim.

E ele entendeu, nos olhos apaixonados de Sophia, que a felicidade dela, quando terminaram de ver o filme juntos e simplesmente foram dormir, estava em perceber que, para ele, o corpo dela já não era mais tão importante. Já não se tratava apenas do sexo que apagava a dor da traição, mas daqueles bons momentos que tinham.

Sophia lhe fazia bem, e já não simplesmente como alívio de uma dor, mas como companheira.

Na segunda-feira, Henrique já sentia falta da menina. Não dava aula para a turma dela naquele dia, então só se veriam nos corredores, caso se cruzassem, o que era raro, já que ele passava a maior parte do tempo na sala dos professores.

E, como sempre, lá estava ele, corrigindo exercícios. Depois da décima página já não sabia diferenciar um aluno de outro. A palavra "filosofia" trazia a adolescente à sua mente. Queria vê-la. Sentia o coração amornar ao pensar em seu sorriso e em seus olhos verdes. Na poesia de seu corpo.

Se ela soubesse...

Se soubesse o quanto ele pensava nela, o quanto se sentia feliz em tê-la ao seu lado. De tê-la apoiada em seu corpo, dormindo tranquila. Não havia nada mais doce que acordar e vê-la dormir serenamente. Os cabelos tão negros espalhados pelo travesseiro branco, o cheiro de morango em seu corpo. Sophia, a garota tão madura, a garota que não chorava, que lhe fazia tão bem.

E sorria só de se lembrar dos momentos bons de todas as noites.

E por isso, numa folha em branco, Henrique escreveu, sem rasuras, sem pensar direito:

*Sophia não canta*
*Sophia só fala*
*E pouco fala*
*Mas encanta*
*Adoça minh'alma*
*Quando fala*
*Mas pouco fala*

*Sophia não chora*
*Sophia só sofre*
*E pouco sofre*
*Embora não chore*
*Minh'alma amarga*
*Quando sofre*

*Sophia não ri*
*Sophia só sorri*
*Mas mesmo por isso*
*Faz minh'alma rir*
*De imaginar seu riso*

*Sophia! Sophia!*
*Mas Sophia não ouvia*

*Sophia só sofria*
*Sofria de amar*

*Sophia se soubesse*
*Como minh'alma aquece*
*Só de te olhar*

*Sophia riria e cantaria*
*E choraria só de alegria*

*Sophia de minh'alma*

Era um absurdo tão grande que tivesse esse tipo de pensamentos em relação à Sophia que...

Henrique queria mandar tudo para o inferno e ir até ela. Então, guardou os trabalhos em sua pasta e saiu da sala dos professores, disfarçadamente procurando por ela.

Atravessando um corredor, chegou nas rampas principais, e lá viu Sophia, que estava com Lucas. De mãos dadas, eles mantinham o rosto a centímetros de distância. Ela sorria e o beijava rapidamente, brincando com o desejo dele de beijá-la. Então, Lucas acariciou o cabelo dela e a beijou de verdade, acarinhando sua face.

E o calor que sentia ao pensar em Sophia transformou-se em uma queimação no estômago com tal cena.

Deu as costas e voltou à sala dos professores. Releu o que escrevera sobre ela e amassou a folha, e a jogou de qualquer jeito em sua pasta. Passou a mão no rosto, respirou fundo.

Naquela noite, no apartamento dela, Henrique não estava de bom humor. Pelo menos, não quando chegou. Mas ao abrir a porta, sentiu o cheiro de biscoitos assando e percebeu que devia, pelo menos, ficar mais animado.

Ela apareceu, num *short* bem curto de dormir, que o fez repensar a queimação no estômago.

Sophia passou por ele, o beijou e ligou o som. Tocava uma música que não conhecia – assim como a maioria das que ela ouvia –, mas lhe agradou.

– Em vinte minutos teremos biscoitos – ela disse, sorrindo.

Sophia ligou a televisão e pediu que ele se sentasse. Em seguida sentou no colo dele.

– Tenho algo pra te pedir – ela disse, suavemente, bem perto da boca dele.

O corpo dela sobre o seu continuava lhe causando as mesmas tentações que da primeira vez.

– Diga.

Ela colou o rosto com o dele, mordeu sua orelha. Henrique respondeu acarinhando seu seio direito.

– Preciso de ajuda em Matemática – ela murmurou.

Henrique explodiu de dar risada. Ela deixou-se cair deitada no sofá rindo enquanto ele apoiava o cotovelo no braço do sofá e a cabeça na mão. Agora só as pernas dela continuavam sobre ele.

– Isso é sério? – ele perguntou.

– Muito sério. Preciso de nota!

– Você fez biscoitos e colocou esse *short* pra me seduzir a te ensinar Matemática?

– Claro que não, que absurdo! – ela riu. – Funcionou?

– Pega lá o livro, Sophia – ainda rindo ele empurrou as pernas dela. – E eu te ensinaria mesmo sem esse *short*. Aliás, melhor tirar ele, senão me desconcentro.

– Se eu tirar aí é que não vai prestar atenção, professor – ela sorriu mais docemente do que achou ser possível com aquela provocação.

– Eu disse pra trocar de *short*, Sophia! Não finja que não entendeu! – ele riu. O mau humor simplesmente evaporou.

– Precisa mesmo? – ela deu de ombros. – Ok! – e simplesmente tirou o *short*, para em seguida abrir o guarda-roupa e procurar por qualquer outra peça de roupa.

– Sophia. – Henrique a chamou.

– Sim?

– Se está fazendo isso de propósito, você não vale nada! – e riu longamente.

– Fazendo o quê?

– Quer que eu ensine Matemática ou não?

– Claro que quero.

– Porque agora tudo o que sei é contar até dois, que é o número de pernas que eu estou enxergando e nada mais.

Ela riu e enfiou uma calça qualquer.

– Melhor assim?

– Qual sua definição de melhor?

Rindo, ela pegou o livro de Matemática e se sentou ao lado dele, puxando a mesa com um caderno e um lápis.

E assim, até a meia-noite, eles não haviam feito nada além de exercícios de geometria analítica e comer biscoitos. E Henrique sentiu-se tão bem quanto em qualquer outra noite.

Quando terminaram a lista de exercícios, ela, cansada de se esforçar mentalmente, apoiou-se nele com os olhos cansados, e ficaram deitados no sofá durante alguns minutos sem dizer nada. Henrique brincando com o cabelo dela.

– Sophia?

– Sim?

– Você ainda me ama?

– Eu te amo até o dia que eu morrer.

– Isso é tempo demais.

– É amor demais.

Ele sorriu, já sonolento. Ela dormiu rápido. Tinha uma facilidade imensa para dormir quando sentia o coração dele bater. Ele também não demorou a pegar no sono, pois nada lhe acalmava mais que a expressão no rosto dela quando dormia.

No dia seguinte, os dois se levantaram e se aprontaram juntos para irem à escola, mas ele saiu de casa bem antes dela, para não chegarem ao mesmo tempo lá.

Não se viram na maior parte do tempo. Pelo menos *ela* não o viu, mas Henrique chegou a vê-la do segundo andar, acima da rampa principal, sentada com Lucas e tomando suco na cantina. Ela sorria e ele acarinhava seu rosto. E a sensação de queimação voltou ao estômago de Henrique. Sentiu-se, de repente, assustadoramente possessivo. Não achava justo que ela sorrisse daquele jeito pra outro homem que não ele.

E ela sorria e agia da mesma forma doce que agia quando estava com ele. Diria as mesmas coisas? Juraria amá-lo para sempre? Sophia estaria, na verdade, apenas brincando de atuar, confundindo-o, fazendo-o de idiota, quando, na verdade, teria ambos na palma da mão?

Então, naquela noite, de volta ao apartamento dela, Henrique se limitou a se sentar no sofá, desconfortável com o que diria. Ela estranhou e imediatamente sentou-se ao seu lado, apoiada nele.

– Sophia, não acho justo o que está fazendo com o Lucas.

– Também não acho – ela admitiu. – Mas você pediu que eu continuasse o namoro.

– Sei que pedi. Mas agora não acho que seja justo com o garoto.

– Quer que eu termine?

– Não quero que ache que estou te ordenando a fazer algo. Você faz o que achar melhor.

– Eu sempre achei que fosse melhor terminar. Não amo o Lucas.

– E ele sabe disso?

– Sabe. Claro que sabe. Não foi ele mesmo quem foi até você dizer que sabia que eu não o amava?

Ele fez que sim com a cabeça.

– Bem... Acho que vai ser melhor pro garoto. Ele precisa se apaixonar por alguém que retribua o seu amor.

Sophia riu e Henrique não entendeu na hora o motivo. Depois Henrique percebeu que, o mesmo motivo pelo qual Sophia romperia com Lucas, justificaria que ele desistisse do pequeno envolvimento que mantinham até então. Sophia também merecia amar alguém que a amasse, e, no entanto, Henrique já não era capaz de parar de se encontrar com ela e permitir que a menina se apaixonasse por alguém que a retribuísse.

E, naquela sexta-feira, eles dormiram juntos lá pelas três da manhã, ainda entorpecidos pelo sexo.

Henrique sabia que ela ia se encontrar com Lucas no fim de semana para terminar o namoro. Então não se viram durante esse tempo.

Ele saiu com a filha nesse período. E ele descobriu, então, que Clara estava namorando um rapaz de vinte e quatro anos – cinco a mais que ela. Jamais teria aceitado se não fosse por seu envolvimento com Sophia. Decidiu que ia dar uma chance ao rapaz. Clara mal acreditou.

Na segunda-feira, Henrique percebeu que Sophia andava sozinha pelo colégio. Estava apática, mais pálida que o normal, e os olhos estavam inchados. Quis ir até ela imediatamente. Quis abraçá-la, perguntar o que havia acontecido, mas simplesmente não podia. Não até que a aula acabasse e ele fosse ao seu apartamento.

E, quando isso aconteceu, pela primeira vez, Henrique achou que a veria chorando. Mas foi apenas impressão. Nenhuma lágrima rolou naquele dia. Ela já havia chorado o suficiente para que se cansasse até a alma. Agora só restava amargura naqueles olhos verdes.

– Sophia? O que houve?

– Nada. Não houve nada. – Ela forçou um sorriso.

– Ah, claro. Eu devo mesmo acreditar nisso?

– Nada com que deva se preocupar.

– E com o que eu deveria me preocupar? Só pra entender sua noção de coisas que me preocupam ou não.

– Não sei. Você se preocupa com alguma coisa?

– Sophia! Só me diga o que aconteceu...

E então ele se interrompeu, pois, chegando mais perto, notou um hematoma na altura de sua clavícula.

– O que é isso? – ele perguntou.

– O quê?

– Isso. – Ele apontou o hematoma. – Não diga que foi... – seu peito inflou. Lucas teria batido nela quando terminaram o namoro? – Sophia, o Lucas te bateu?

– Não!

Henrique fechou os punhos e esmurrou a mesa, fazendo um grande barulho.

– Diga a verdade!

– Ele não me bateu! – afirmou Sophia, com os olhos marejados. – Estou falando a verdade!

– Então que hematoma é esse?

– Não sei! Não sei como fiz, eu...

– Sophia, eu vou acabar com aquele moleque.

– Não! Henrique, olha pra mim, acredita no que eu estou falando! Lucas não me bateu!

– Você termina com ele e aparece triste e com um roxo e diz que ele não te bateu?

– E o que você tem a ver com isso!?

Henrique não respondeu. Apenas respirava alto, ainda irritado, ainda com os punhos firmemente fechados.

– Sophia, eu me importo com você.

– Esqueça isso, por favor... Eu só quero... Só quero que fique comigo hoje, que me abrace. Só isso. – Ela andou até ele e o abraçou. Ele retribuiu, e só então a raiva aliviou.

– Só me diga... Se foi ele.

– Não foi.

– Seus pais?

– Foi a vida, Henrique. A vida me bateu com força.

# Capítulo 16

# Matá-la

Henrique não descobriu quem havia batido em Sophia. Mas, naquela semana não tirou os olhos de Lucas, como se pudesse descobrir a verdade só de encará-lo. O garoto, no entanto, parecia triste. Em depressão, na verdade. Chegou a vê-lo chorar algumas vezes, sozinho. Não parecia ser mesmo possível que ele tivesse batido nela. Mas o hematoma estava lá.

Começou a desconfiar que ela tivesse algum problema na família. Mas Sophia nada disse. Preocupou-se durante aquela semana, já que ela parecia triste o tempo todo. E, nesses cinco dias, ele só ia no apartamento para ficar perto dela e abraçá-la. Notou que estava mais pálida, amedrontada. Mas não lhe disse absolutamente nada.

Na semana seguinte, Sophia já parecia mais feliz e voltava a ser a Sophia de sempre. Mas ela pediu que ele não fosse ao seu apartamento por um tempo. Isso èra, definitivamente, estranho, já que ela fazia questão que ele sempre ficasse até o dia seguinte. Queria estar ao lado dele o máximo possível.

Desconfiou e acabou aparecendo lá na terça-feira. Ela abriu a porta e só esticou o pescoço para fora, de forma que não podia ver o apartamento.

– Professor? – ela murmurou. Expressão preocupada no rosto, quase em choque – Precisa ir!

– O que está acontecendo, Sophia?

– Shhh! Fale baixo!

– Tem alguém aí? Por que não me disse, eu...

A porta foi aberta completamente. Não por Sophia, mas por Lucas.

Teve vários tipos de sentimentos nesse momento. O primeiro deles, irracional, proveio da raiva e do sentimento de ser traído.

E, só então, a razão bateu em seu cérebro e percebeu que Lucas não podia saber que ia visitar Sophia. Preocupou-se, sentiu raiva, uma mistura enorme de sentimentos que já não sabia diferenciá-los. E só então viu que a menina usava o tal *short* curto e que havia um grande roxo na perna esquerda e também no braço. Isso fez a raiva extravasar.

– Então foi ele quem te fez isso? – Henrique entrou no apartamento e fechou a porta com um enorme estrondo.

– Eu fiz o quê? – Lucas pareceu confuso por um momento.

– Não, Henrique, escuta!

– Sophia, como ele...? – Lucas estava completamente perdido –Vocês...

– Não tem vergonha, moleque? – bradou Henrique.

– Henrique! Para! Me escuta!

Lucas olhou para Sophia e então para Henrique. No momento em que ele, finalmente, entendeu a situação, esbugalhou os olhos e seu queixo caiu, completamente estupefato.

– Então é ele? Ele está fazendo isso com você? – perguntou Lucas.

– Lucas, fica calmo!

– Você terminou comigo pra ficar com alguém em quem nem pode confiar? – Lucas pareceu muito nervoso com isso, e a frase confundiu Henrique. – Eu teria te ajudado! Eu ficaria do seu lado! – ele bradou.

Henrique era quem estava perdido agora.

– Não ouse dizer uma palavra – disse Sophia.

Lucas virou-se para Henrique e lhe apontou um dedo, quase ameaçadoramente.

–Vai acabar matando ela! – ele gritou, e lágrimas explodiram em seus olhos. –Vai acabar matando a Sophia! Deixe ela em paz!

– Eu jamais seria capaz de machucá-la, você...

– Eu a amo! – gritou Lucas, interrompendo-o. – Ela sequer confia em você! Um dia está aí e depois não está mais! Não é disso que ela precisa! Ela precisa de quem esteja sempre por perto, e não de um velho que vem atrás de sexo com uma menor!

O corpo de Lucas envergou-se completamente com o murro de Henrique. O grito de Sophia serviu de trilha sonora.

– PARA! – gritou Sophia.

–Vai matá-la! – gritou Lucas, com a mão sobre o lugar do rosto em que Henrique o acertara. –Vai matá-la e nem sabe disso! Deixe a Sophia em paz!

– LUCAS! – gritou Sophia. – Saia daqui!

– Eu jamais seria capaz de machucá-la, seu verme – disse Henrique entre os dentes. – Diferente de um moleque feito você.

– Então você acha *que eu* a machuquei?

– Lucas! – gritou Sophia. – Não!

– Está matando a Sophia. E nem sabe disso.

– Lucas, eu nunca vou te perdoar! – gritou Sophia.

Lucas olhou para a garota, limpou os olhos. O rosto estava inchado no lugar onde Henrique o acertara. Então saiu sem dizer mais qualquer palavra.

Só sobraram os dois. Encarando-se sem falar, sem piscar. Sophia ainda estava assustada. Ainda arfava de tanto gritar. E Henrique não tinha caído na real sobre o murro que tinha dado em Lucas. Era só um garoto. Tinha dezesseis anos. Era seu aluno e fora um bom rapaz a vida toda. Dera aula de Matemática pra ele quando o jovem só tinha treze anos.

– O que Lucas estava fazendo aqui, Sophia?

– Ele queria conversar. Sobre o término.

– Por que pediu que eu não viesse a semana toda? Por que justo na semana que me pede para que eu não te veja, o Lucas está aqui?

– Nunca se importou com ele.

– Me diga a verdade, Sophia. Diga o que está acontecendo.

– O que você acha que está acontecendo?

– Acho que começou a gostar do Lucas. E se arrependeu de terminar.

Ela riu ironicamente.

– Isso te faria muito feliz, não é?

Antes ele diria que sim. Agora não conseguia pensar em como aquilo lhe faria qualquer bem.

– Só diga logo de uma vez.

– É exatamente o que eu falei. Lucas veio para conversar sobre o término. Eu disse que amava outro. Só isso.

– E ele te bateu.

– Não! Que inferno, o Lucas não bateu nem em você quando o esmurrou, por que acha que ele bateria em mim?

– Eu sou um homem e sou bem maior que ele.

– Ele não me bateu, Henrique. Acredite em mim. Por que eu teria medo de dizer que sim?

– Talvez porque gosta dele.

– Não! Henrique...

– Diga a verdade, Sophia. Quem te bateu?

– Ninguém me bateu!

– Então como apareceram esses hematomas?

– Eu caí! Caí e me machuquei! E por que te importa tanto?

Henrique interrompeu o que ia dizer. Não sabia responder.

E então se pegou discutindo por um ponto que nem sabia qual era. Por que se importava? Não devia ficar feliz se ela se apaixonasse por Lucas? Sophia poderia finalmente ser feliz de verdade.

Talvez fosse o medo de ter sido traído novamente, talvez fosse a ideia de estar sendo feito de idiota pela menina.

Ou porque não era mais só o sexo que o atraía a ela.

– Sophia... Eu gosto de você. Me importo com você. Estamos tendo um tipo estranho de relacionamento, mas ainda é um relacionamento, e agora decidi que quero ser o único do seu lado, pelo menos enquanto gostar de mim. Enquanto as coisas puderem ser assim. Não quero que saia com o Lucas. Nem com outro. Se é para estar do meu lado, que seja só do meu. E quero que confie em mim. Quero que saiba que pode contar comigo, que eu vou te proteger de qualquer forma, que vou brigar com quem quer que esteja te batendo.

– Não tem ninguém me batendo.

– Quando souber confiar em mim, espero que me diga a verdade quanto a isso.

Ela sorriu.

– Não me ama, certo?

Ele respirou fundo.

– Sinto um carinho tão grande que nem cabe no peito. Gosto muito de você e não desejo nada além do seu bem.

– Mas não me ama.

– Se fosse mais velha...

– Diga logo.

– Não. Não amo. Mas vou tratá-la como se a amasse e espero que isso compense o fato de ter dispensado Lucas, que diz amá-la tanto.

# Capítulo 17

# Traição

Passou-se um mês em que se destacaram algumas coisas bastante marcantes.

Os hematomas no corpo de Sophia não pararam de aparecer. Mas Henrique parou de questioná-la.

Parou depois de ter se lembrado de um fato de infância.

Tinha doze anos quando acordou com uma surra de cinta. Ainda se lembrava da dor repentina e do quão horrível foi acordar com ela. Tão logo deu por si, percebeu que era sua avó, hoje senhora de idade avançada, com expressão muito mais bondosa do que naquele dia. Ela deu exatamente cinco cintadas na lombar do Henrique criança, que se encolheu como pôde tentando evitar a dor.

Quando conseguiu dizer alguma coisa, perguntar o motivo da surra, a avó disse que ele havia batido em sua prima, que fora passar a semana com ele.

Henrique não se lembrava disso. Não se lembrava de ter pegado a colher de pau na cozinha e não se lembrava de ter acordado Lívia antes de acertá-la no braço. Lembrava-se, porém, de gostar muito da prima e não desejar mal algum a ela.

Quando essa memória voltou a Henrique, ele simplesmente parou de perguntar e evitava dormir na casa de Sophia.

E os hematomas diminuíram.

Outro ponto a ser ressaltado é que Lucas passou os trinta dias encarando Henrique, como se *isso* fizesse qualquer diferença. Henrique só achava aquilo patético.

Era segunda-feira e ele estava mais uma vez no apartamento de Sophia. Nos últimos tempos eles não se limitavam a transar na casa de um ou de outro, mas iam constantemente a cidades vizinhas – para não serem surpreendidos por conhecidos – para jantar ou ir a um cinema. A relação havia evoluído imensamente e a relação que tinham era, em tudo, semelhante a um relacionamento qualquer. Tratavam-se com carinho e extrema afeição. Henrique chegou a reescrever o poema sobre Sophia – do qual se lembrava bem – mas nunca mostrou para a menina. Temia que ela pudesse criar esperança sobre eles. Pois ele mesmo não entendia que sentimentos havia naquele poema. Só sabia que o coração enchia-se de um amornar doce quando pensava na menina, em sua menina, Sophia de sua alma.

Eles sairiam naquele dia. Ela acabava de se arrumar no banheiro quando ele chegou.

– Sophia, já cheguei.

– Estarei pronta em cinco minutos – ela disse, lá de dentro.

Ele reparou na grande quantidade de vestidos que estavam sobre a cama. Já tinha praticamente decorado as roupas dela e, com um pouco de esforço, soube dizer qual não estava ali para adivinhar o que ela escolhera. Ficou ansioso, como sempre ficava, de vê-la maquiada e pronta para sair. Tinha vontade de beijá-la até que ambos morressem quando a via assim tão bonita.

Olhou para o relógio de parede, que estava adiantado pelo menos duas horas, como sempre. Sophia havia dito que não fazia ideia de como acertar aquele relógio, mas o achava bonito então o mantinha lá. O problema é que o erro estava aumentando com o tempo e agora já não era possível saber a hora certa apenas fazendo a subtração.

Procurou por outro relógio pela casa, até encontrar o celular de Sophia. Pegou-o e percebeu que já passava das nove da noite. E que havia uma mensagem não lida.

*Lucas (Recebida em 13/06 às 20:34): Mas semana q vem vamos d novo?*

Henrique marcou a mensagem como não lida e abriu o registro de mensagens vindas de Lucas. Havia pelo menos vinte.

*Para: Lucas (enviada 02/06 às 13:23): Estou pensando em repetir o esquema de semana passada.*

*Lucas (Recebida em 02/06 às 13:43): Sério? Seus pais estão sabendo?*

*Para: Lucas (enviada 02/06 às 13:45): Eles gostam de você. Respeitam minha escolha.*

*Lucas: (Recebia 02/06 às 13:56): E o Henrique?*

*Para: Lucas (enviada 02/06 às 14:02): O que tem ele?*

*Lucas (Recebida 02/06 às 14:10): Dexa pra lah. Pergunta idiota.*

*Para: Lucas (enviada 02/06 às 14:15): Também acho. É claro que ele não sabe. Nem nunca poderá saber. Terminaria comigo se soubesse.*

*Para: Lucas (Enviada em 04/06 às 16:49): Lucas, não vai rolar. O Henrique me chamou pra sair, não tenho como dizer não.*

*Lucas (Recebida em 04/06 às 16:54): Aff, Sophia. Ok.*

*Lucas (Recebida 11/06 às 19:12): Q horas q é lah amanhã?*

*Para: Lucas (enviada 11/06 às 19:30): Oito horas.*

*Lucas (Recebida em 12/06 às 7:42): To t esperando aqui jah.*

Henrique rapidamente saiu das mensagens assim que a porta do banheiro foi destrancada. Disfarçadamente, colocou o celular de volta onde estava.

Sophia estava tão deslumbrantemente linda que quase – *quase* – conseguiu não sentir um ciúme absurdo queimar seu estômago.

Sua menina. *Sua* menina. O fazendo de idiota.

Sophia então foi até ele e o abraçou, beijou-o como se fosse o último beijo que daria na vida.

– Queria que essa noite durasse para sempre – ela disse. – Com você.

– Sophia, você ainda me ama?

– Até o fim dos meus dias.

Começava a ficar muito difícil acreditar nisso.

Qual era o significado daquela relação? Que diabos tinham? Era uma relação proibida que nem devia acontecer, mantida porque uma das partes supostamente amava de forma tão descontrolada que lutava diariamente para manter a relação viva. De repente, Henrique começou a imaginar que *ele* representava essa parte no relacionamento.

Quem era Sophia?

Quem era a garota, a mulher por trás daquela imensidão verde que eram seus olhos? A garota que gritaria aos sete ventos todos os infindáveis sentimentos presos e enclausurados em seu coração de menina? Sentimentos tão fortes que uma vez libertos jamais seriam silenciados. Ou talvez, fossem apenas gritos de mentiras, de esperteza, de uma vil mulher a se esconder na pele de uma singela garotinha, uma brincadeira de enganar e fazer o cordeiro se sentir como lobo.

Ou ainda – e ele começava a considerar cada vez mais essa hipótese – ele fosse mesmo o lobo a devorar lentamente a garotinha que, apaixonada por seu abusador, simplesmente se deixava ser morta aos poucos, quase imperceptivelmente.

Henrique, no final, não sabia absolutamente nada da garota para quem deu aula por vários anos. Não sabia se todo o amor que ela dizia ter era real ou apenas uma brincadeira. Não sabia se ela era inteiramente dedicada a ele como se mostrava ou se seu corpo era, na verdade, de Lucas. Não sabia se os hematomas eram um sinal de sua sanidade lhe abandonando, sendo ele mesmo o agressor, ou se Lucas não tolerara perder a mais especial das garotas. Ou mesmo, se algum familiar de Sophia a estava espancando por um motivo que ele nem era capaz de imaginar.

O que ele sabia, e para isso não havia remédio ou desculpas, era que Sophia era menor de idade, e todas essas indagações faziam parte de uma obsessão. Um crime que poderia levá-lo para a cadeia num piscar de olhos.

# Capítulo 18

# Aceitação

Eles não se viram mais que quatro vezes durante as férias. Sophia fora para casa dos pais, dificultando qualquer aproximação. E foi nesse período que Henrique se viu mais solitário do que nunca.

Ele não questionou sobre as mensagens no celular. Quando estava com ele, Sophia agia como se valorizasse aqueles momentos acima da própria vida. Agia como se o idolatrasse. Dizia aos quatro ventos que o amava. Dormia aconchegada em seus braços. Fazia-o acreditar em qualquer coisa que dissesse.

Mas aquelas mensagens...

Lá pelo fim das férias, Henrique aceitou o convite de Susan para almoçar em sua antiga casa e conhecer o namorado de Clara.

Nem soube o que esperar disso. Fazia meses que não via Susan, apesar de encontrar-se com Clara constantemente. Ficar longe de sua filha era impossível. Sentia mais falta dela do que jamais sentira de Susan.

Lá pelas onze da manhã, Henrique chegou à sua antiga casa, sendo imediatamente recebido por Susan. Ela vestia uma blusa rosa clarinha bastante decotada. Muita maquiagem e um batom vermelho. Ao cumprimentá-la, reparou que usava um perfume que ele havia lhe dado há um ano.

O namorado da filha, de nome Guilherme, foi o segundo a lhe cumprimentar com um aperto firme de mão. Era um rapaz barbado com uma camisa xadrez que não combinava com seu estilo bicho-grilo.

Então, veio Clara, com um abraço apertado e um beijo no rosto. Foi a única dos três que o cumprimentou com gosto.

Susan pediu que esperassem na sala até o almoço ficar pronto. Então a situação, bastante constrangedora, foi armada. Ele numa poltrona, a televisão ligada num programa bastante chato de domingo e os dois sentados no sofá de mãos dadas.

– Então... – começou Henrique. –Você está na faculdade, certo?

– Engenharia civil – respondeu o jovem. – Quarto ano.

Quarto ano de engenharia, com sua filha que nem tinha prestado vestibular ainda.

– E vocês se conheceram como?

– Amigos – respondeu Guilherme. – Uma amiga da Clara é namorada de um amigo meu da Química. Era, pelo menos.

Susan apareceu detrás de uma bancada que separava a sala de estar da sala de jantar. Apoiara-se ali.

– Como nós, lembra, Henrique?

Sentiu que ela mexia em um ponto bastante delicado. Se Susan fosse um pouco mais inteligente, talvez tivesse percebido que aquele não fora o melhor dos comentários.

– Lembro, Susan. Só que o amigo não era de Química, era de Economia.

Susan então ficou branca de arrependimento. Rapidamente saiu dali e voltou à cozinha. Clara entendeu perfeitamente a situação. Só Guilherme ficou perdido.

– E você trabalha? – perguntou Henrique, voltando-se ao namorado da filha de repente.

– Pai! – reprovou Clara.

– Faço estágio na faculdade, porque é em período integral, então fica difícil.

– Ah, mas não se preocupe não. Com engenharia civil se consegue emprego fácil. Se eu consegui tendo feito Filosofia...

O garoto riu e segurou a mão de Clara.

– O senhor tem duas faculdades, não? Clara me falou.

– Sim. Fiz Matemática também. Cheguei a exercer, mas não dá pra fugir do que você gosta mais.

– É, mas me salvou a vida muitas vezes – disse Clara. – E me ajudou a decidir que faculdade quero.

– Já tem uma ideia, Clara? – perguntou Henrique. – Quer fazer Matemática?

– Não. Quero qualquer coisa que não tenha Matemática – ela riu. – Não sei como vocês aguentam isso.

Susan voltou para convidá-los a se sentarem à mesa e acabou pegando a última parte daquela conversa.

– Henrique fez Matemática por minha causa, ele também não gostava.

– Eu devia ter feito alguma Engenharia – disse Henrique. – Me traria melhores frutos.

Susan não quis responder àquilo. Os quatro se limitaram a ir à sala de jantar, onde a mesa estava posta e uma variedade anormal de comida estava à disposição. Susan não gostava de cozinhar e isso não era novidade. Agora ele não sabia se tudo aquilo era para ele ou para Guilherme. E como Guilherme não parecia rico, desconfiava que era só mais uma forma de conquistá-lo novamente.

Foi um almoço bastante calmo e sem grandes provocações. Guilherme parecia um bom rapaz apesar da aparência de bicho-grilo. No quarto ano de engenharia civil a barba em excesso podia ser traduzida como desespero com as provas finais e os exames. Aliás, ficou contente em saber que o garoto não pegara nenhum exame no semestre passado, o que era uma enorme qualidade para o curso que escolhera. Então, apesar de Guilherme ser bem mais velho que sua menina, não tinha nada a reclamar.

– Então, quais são seus planos para o futuro? – Henrique perguntou.

A filha corou no mesmo instante.

– Pai!

– Primeiro me formar. Conseguir um emprego, conseguir uma certa estabilidade. Então pretendo pedir Clara em casamento, com certeza.

Clara ficou ainda mais vermelha.

– São bons planos. Que tudo dê certo pra vocês.

Ao fim do almoço, Guilherme saiu com Clara. O garoto tinha um carro provavelmente dado pelos pais, bastante popular e de modelo antigo. Henrique, imediatamente desconfortável em ficar sozinho com Susan, anunciou que ia embora também.

– Não se preocupe – disse Susan. – Não vou te atacar. Relaxe.

– Tenho planejamento de aulas para fazer.

– Nas férias?

– Final de férias.

– Não tenha receio de dizer que vai sair com outra mulher.

Henrique olhou para Susan com desaprovação.

– Não vou.

– Terminaram?

– Não.

– Brigaram?

– Não. Ela está viajando – inventou.

– Sem você?

– É, Susan, eu confio nela, sei que, mesmo a distância, não vai me trair.

O que não era verdade, já que Henrique desconfiava do envolvimento de Sophia com Lucas.

– E vocês estão levando a sério?

Henrique nem sabia se estava ou não levando a sério aquela relação ou o que quer que fosse. Era tudo muito estranho e sem sentido. Sabia que sentia alguma coisa muito boa por Sophia. E que o ciúme que sentiu quando viu as mensagens para Lucas em seu celular não foram de alguém que não se importava. Talvez fosse a idade da menina, talvez fosse toda a situação que os obrigavam a manter a relação em segredo. Algo fazia o relacionamento ser irreal. E Sophia, que sempre declarou seu amor incondicional, de repente, parecia estar enganando-o. Já não sabia o que pensar sobre aquilo tudo.

– Estamos indo com calma.

– Ela é mais nova, não? Você sempre gostou de mais novas.

Chegava a ser irônico.

– É, ela é mais nova.

– Qual o nome dela?

– Está tentando descobrir se ela existe mesmo?

– Só perguntei o nome dela.

– Sophia.

– Bonito nome. Espero que encontre nela o que não encontrou em mim.

– Fidelidade? Não é um traço raro.

– E você... Você gosta dela?

Henrique não respondeu de imediato. Precisou se lembrar de toda a história desde o início. Não porque quis, mas porque a pergunta o fez viajar no tempo. Lembrar de Susan ainda jovem. De seu sorriso e da sensação boa que causava. Da risada e das lágrimas fáceis. Dos ataques de desespero nos finais de semestre. Dos abraços, do excesso de zelo. De como todos os amigos – incluindo Fred – queriam sair com ela. Então, vinha-lhe Sophia na cabeça, com seus sorrisos e das raras gargalhadas. Nunca a vira chorar, mesmo quando a viu sofrer. Do mistério que era aquela menina de corpo perfeito. Que tanto gritava e bendizia seus sentimentos, mas, no fim, ele não fazia ideia do que ela sentia, do que pensava. Não fazia ideia do que era verdade e o que não era, e, mesmo assim, sentia sua falta, sentia como se uma parte dele estivesse longe. Uma parte incompreensível. Era como perder sua sombra. Talvez fosse essa a grande magia em Sophia: diferente de Susan, que sempre disse amá-lo e sempre demonstrara isso sem deixar dúvidas, Sophia dizia e agia, mas suas pequenas ações lhe davam dúvida, lhe davam insegurança. Uma insegurança que só o fazia querer mais e mais da menina, descobrir quem era e o que pensava.

– Eu amo a Sophia – Henrique respondeu. – Não sei mais ficar sem ela. Por mais ridículo que isso seja.

# Capítulo 19

# Rendição

A primeira constatação é a mais difícil.

Depois disso, Henrique, efetivamente, passou a acreditar que amava Sophia. E, quando as aulas e os encontros finalmente voltaram, a relação deu um salto imenso.

Ele não confessou a ela. Mas agora sorria mais, e aproveitava mais os momentos mais bobos. Ria quando a observava cozinhar. Coração batia rápido quando a via. A completa alienação ao observar seu rosto dormindo. Sua dedicação, seu carinho aumentaram muito. E era tão ridiculamente óbvio, que Sophia começou a dizer, pelo menos três vezes ao dia, que o amava. E como resposta, ele sorria, seu peito se enchia de uma sensação morna que se espalhava pelo corpo todo. E eles se divertiam juntos, viviam juntos. Encontravam-se no corredor da escola sob qualquer pretexto, sem se importar com o mundo ao redor.

Henrique se perguntava se não era hora de confessar seu amor e sua admiração por Sophia. Mas, quando pensava nisso – nas horas que as palavras queriam explodir de seu coração e escapar de sua boca –, ele se lembrava das mensagens para Lucas e do quanto desconfiava que Sophia estivesse mentindo sobre seus sentimentos.

E também, mesmo que fosse verdade, mesmo que ela o amasse como dizia amar, confessar só ia tornar o fim mais trágico. E o fim chegaria, claro que chegaria, cedo ou tarde. Ele era muito mais velho, não podia se casar com ela, não podia admitir essa relação como se fosse normal.

Então, continuou amando-a em silêncio. Um amor bastante óbvio, mas que nunca foi confessado.

E assim foi até o fim do ano, quando ela se formou no Ensino Médio.

Impressionou-se, porém, quando ela disse que não faria nenhuma faculdade.

– Não sei o que quero – ela disse.

Estavam na casa dele. Ela estava de férias, mas dissera aos pais que ia dormir na casa de uma colega. Agora eles estavam deitados na cama. Ele beijou a testa dela, acariciou seus cabelos.

–Você pode ser tudo que quiser.

Ela tombou o corpo para olhar diretamente para ele e sorriu.

– Eu quero ser sua esposa.

Ele riu.

– Seria ótimo.

– Mas, fora isso, não sei. Não acho que eu consiga terminar uma faculdade.

– Oras, e por que não? Você é esforçada.

– Não tenho mais força pra continuar estudando. Não acho que valha a pena.

– Não vale a pena estudar? Sophia, você é uma ótima aluna!

– É. Talvez eu faça um ano de cursinho ou algo assim. Depois penso.

– Acho que você devia fazer Medicina.

– Medicina?

– É. Seria uma ótima médica. Não sei por que, mas te imagino com o jaleco branco de médica, correndo de um lado pro outro com seu cabelo preso num rabo de cavalo.

– Henri, isso é uma fantasia erótica sua ou realmente acha que eu seria capaz de passar no vestibular?

Ele riu bastante e a cutucou na cintura, fazendo-a se remexer em seu colo.

– É sério. Claro que seria capaz de passar. Só tem dificuldade em Matemática, e eu poderia te ajudar sem problemas.

– Pode ser. Mas agora só no ano que vem. As inscrições pros vestibulares já acabaram uma hora dessas.

– Fiquei até impressionado que não tenha prestado nada. Sempre pensei que quisesse ser uma mulher plenamente independente.

– Eu queria – disse num tom abatido. – Mas às vezes eu só queria me enfiar debaixo de um cobertor com você e ficar ouvindo a chuva cair. Pelo resto da minha vida.

Henrique então compreendeu.

Ela tinha medo de perdê-lo. Um medo que chegava a impedi-la de prestar o vestibular. Estava perdendo sua vida tão promissora com ele.

– Sophia, não vou estar sempre por perto, infelizmente. Precisa lidar com isso.

– Penso nisso todos os dias, Henrique. Por isso quero aproveitar enquanto te tenho. Você é meu sonho realizado. Estar com você é tudo pra mim.

Aquelas palavras se transformavam em redemoinhos de pensamentos confusos para Henrique.

E as mensagens, os encontros com Lucas?

Ele começou a pensar nisso naquele momento, e pareceu fazer sentido que Sophia tenha sido ameaçada por Lucas. Talvez tenham vindo daí os hematomas. Talvez ele tivesse mesmo batido nela quando terminaram o namoro. Afinal, Lucas tinha um amor platônico pela menina e com certeza sofreria horrores se ela rompesse com ele. Talvez, e ele começou a acreditar mais nisso, Lucas batesse nela com frequência, para mantê-la por perto. Ou talvez soubesse algo sobre Sophia que poderia fazer Henrique desistir dela e a chantageava para continuar com ele.

Ou, quem sabe, era ele mesmo que, de alguma forma, a espancava sem saber.

Eram tantos pensamentos confusos que quase teve uma dor de cabeça instantânea.

Então, resolveu apagar tudo isso e, simplesmente, aproveitar o delicado peso de Sophia sobre seu corpo. Sua respiração fraca, seu coração que batia tão harmonioso.

– E você, o que quer daqui pra frente? – ela perguntou.

– Quero ouvir sua respiração todas as noites da minha vida, enquanto for possível – ele disse, e só então percebeu que essa frase veio das profundezas de seu coração, num lugar dentro dele que já havia admitido o amor por ela.

Sophia então riu, e, no meio do riso, uma lágrima escorreu de seu rosto. Era um riso tão doce, tão singelo, era quase uma música. Uma melodia. Um riso cantado. Um riso que fez sua alma dizer adeus a toda racionalidade.

*Sophia se soubesse*
*Como minh'alma aquece*
*Só de te olhar*

*Sophia riria e cantaria*
*E choraria só de alegria*

*Sophia de minh'alma*

# Capítulo 20

# Ciúmes

A continuidade mais óbvia para a relação de Henrique e Sophia seria, é claro, que os encontros passassem a ser ainda mais frequentes.

Mas a partir daquele momento era muito mais raro que se vissem. O apartamento, que fora testemunha dessa história, estava vazio, e com uma placa de aluga-se.

Eles já não podiam se ver, já não podiam manter um contato constante.

Mas Henrique sentia falta da menina. Sentia falta como se aquele fosse um relacionamento como qualquer outro. Sentia falta como todo apaixonado sente falta de sua namorada, de sua esposa.

Ela disse, pelo computador – uma forma alternativa que encontraram para se manterem em contato –, que começara a fazer um cursinho. Ele ficou orgulhoso de ter mudado o pensamento dela. Pelo jeito, ela até tinha se arrependido de não ter prestado vestibular antes. De qualquer forma, aparecer no cursinho de surpresa parecia uma boa ideia para Henrique. Ficava perto da casa dela, e longe da escola, então dificilmente alguém do colégio frequentaria o lugar. Ninguém o reconheceria.

Então, Henrique se deu a liberdade de aparecer no cursinho. Mas ele notou que uma pessoa do antigo colégio, além de Sophia, estava ali.

Henrique não chegou a estacionar. Simplesmente parou no meio da rua, chocado demais com o que via.

O tempo de seu cérebro processar a informação de Sophia sentada na praça em frente ao cursinho, abraçada com Lucas, cabeça apoiada em sua clavícula, fez com que uma caminhonete se chocasse contra seu carro e o arrastasse por dez metros de onde tinha parado.

Henrique não se lembrava de como havia chegado àquela cama branca. Lembrava-se, porém, do sonho que tivera nesse meio tempo.

Ele dirigia por uma estrada escura. Ao redor, nada via além de breu. A vista só chegava até onde os faróis alcançavam. Os olhos estavam pesados e ele se forçava a ficar acordado.

Então, viu um ponto, nada mais que um vulto, sem nem menção de uma forma específica. O pé continuou pressionando o acelerador. Sentiu um frio na espinha, uma sensação de ser perseguido. Acelerou mais. A escuridão parecia querer engoli-lo.

Então, o vulto foi se aproximando rápido, até que ele visse Sophia e Lucas nus no meio da estrada, beijando-se num abraço forte.

Acelerou.

O pé foi até o piso do carro. Queria explodir-se contra os dois. Queria que fossem os três para o inferno.

Mas, abriu os olhos num susto no momento do impacto. Saltou levemente na cama macia do hospital.

Olhou ao redor. A sala era branca. Havia mais alguém na cama ao lado. A televisão estava ligada num canal de notícias. Pelo programa, devia ser perto das três da tarde.

Ergueu o braço e percebeu que havia uma agulha conectada nele, introduzindo alguma coisa em sua veia. Provavelmente remédio para dor, já que se sentia bastante dopado.

Tentou se levantar, mas só conseguia escorregar no colchão. Então esticou-se e apertou a campainha para chamar a enfermeira.

A mulher demorou dois minutos para aparecer. E ele pensou que, se estivesse morrendo, provavelmente já não teria mais volta.

– Ah, o senhor acordou.

"Não, apertei o botão dormindo", pensou Henrique.

Henrique tinha uma raiva enorme de médicos e enfermeiras. Não sabia dizer bem por quê. Simplesmente não suportava seu ar de superioridade.

"Você aparece no hospital com gripe e eles agem como se tivessem sua vida nas mãos."

Só uma pessoa lhe parecia agradar a ideia de ser médica. Ou agradava. Seu estômago doeu ao se lembrar de Sophia.

– O senhor tem várias visitas. Mas só podemos permitir a entrada de uma pessoa por vez. Quer ver alguém especial?

– Em primeiro lugar, há quanto tempo estou desacordado?

– Deixa ver... Dois dias. – Ela precisou checar uma ficha para saber. – Chegou e foi internado na UTI. Teve hemorragia interna, precisou de transfusão de sangue, mas sua filha doou. Não há sinais de traumas maiores. Mas deve sentir muita dor, principalmente do lado esquerdo do corpo, onde o choque foi mais forte. Por enquanto, não vai sentir nada, já que está dopado.

– Ok. Agora, quem está lá fora?

– Desculpe, não sei informar com certeza. Tem a sua filha, tem uma mulher ruiva e o casal de jovens que te trouxe pra cá.

Primeira constatação: de todos esses nomes, o único que ele queria ouvir falar era sua filha.

Segunda constatação: referir-se a Sophia e Lucas como um casal fez o medidor de batimentos cardíacos se agitar.

Terceira e não menos conveniente: Sophia e Susan na mesma sala. Sem mais comentários.

– Chame minha filha, por favor.

A enfermeira deixou o lugar e voltou depois de cerca de quinze minutos com Clara.

A menina correu até o pai e o abraçou como pôde, cheia de lágrimas nos olhos. Isso o emocionou, de certa forma.

– Pai! Que susto que nos deu! Como isso foi acontecer? Disseram que o senhor simplesmente parou no meio da rua!

– Me distraí. Acontece.

– Acontece, mas quase morreu! Se não fosse aquela sua aluna...

– Estou vivo, Clara, relaxe.

– Ela disse que queria te ver. Devia agradecê-la. Ela dormiu no hospital os dois dias.

"Fez a cagada e agora quer consertar."

Henrique não podia deixar de sentir um enorme desconforto no estômago por saber que precisaria terminar com Sophia.

Talvez fosse melhor assim.

Afinal, se ela realmente gostava de Lucas, por que continuar com Henrique? Ela que fosse feliz com alguém da sua idade, que poderia envelhecer ao seu lado. E ele que seguisse sua vida. Sempre achou que jamais poderia se apaixonar por outra que não fosse Susan e percebeu que estava errado. Talvez ainda encontrasse alguém da sua idade. Alguém que pudesse assumir e com quem até se casar de novo.

A ideia lhe soava absurda, mas preferiu não pensar nisso.

– Mamãe também quer falar com você – disse Clara.

– Não quero falar com Susan, Clara. Não estou em condições.

– Não é uma questão de casais, pai. Mamãe ficou preocupada. Foram casados dezesseis anos, é claro que ela se preocupa.

Ele respirou fundo. Moveu a cabeça e descobriu que a vista ainda estava lenta, arrastada, meio turva.

- Ok. Ela pode entrar.

Henrique nunca descobriu como Sophia reagira quando Clara apareceu na sala de espera e disse que seu pai queria falar com Susan. Não conseguiu imaginar, porque não sabia como Sophia reagiria a isso nem em uma situação comum. Descobriu que já não sabia nada sobre a menina. A única certeza que um dia Sophia lhe dera era sobre amá-lo, e agora essa era sua maior dúvida.

Quando Susan entrou, a enfermeira estava tirando o analgésico da veia de Henrique. Ele moveu o braço esquerdo, e descobriu que doía diretamente no osso. Ficou surpreso por não ter quebrado nada.

– Clara disse que quer falar comigo.

– Quero. – Ela puxou uma cadeira e sentou-se ao lado da cama. – Como se sente?

– Dopado.

– Sempre dirigiu mal. Mas não tanto assim.

– Me distraí.

Ela deu um sorriso curto que o instigou. Então lhe veio à memória um dos principais motivos pelo qual se apaixonara por Susan.

Como é comum aos matemáticos, Susan tinha raciocínio rápido. Era boa em dar respostas rápidas, secas. Dificilmente não conseguia rebater uma acusação. E foi assim que ela retribuiu a cada uma das cantadas que tinha recebido antes de conhecer Henrique. A dele, no entanto, apesar de bastante ridícula – já que provinha de um bêbado apaixonado da Filosofia –, ela preferiu não responder. Aceitou-a. E ele, igualmente inteligente, percebeu que aquela era a mulher com quem queria se casar.

Hoje esse raciocínio rápido seria usado contra ele.

– Quantos anos ela tem? Já fez dezoito pelo menos? – perguntou Susan.

Ele pensou em fugir da situação. Pensou em dizer que aquela não era a Sophia de que tinha falado quando Susan lhe perguntara o nome da mulher por quem estava apaixonado. Mas se bem conhecia Susan, além de provar que tinha certeza, ainda o faria de idiota por tentar negar.

– Já.

– Oh, Henrique. – Ela estava como uma fera que havia pego sua presa. – A idade da nossa filha. Que lindo.

– Veio aqui pra me acusar?

– Claro que não. Só queria perguntar se é pior ser feito de idiota por mim ou por uma garota de dezoito anos que você seduziu.

– Não é verdade.

– O que não é verdade? Que ela te fez de idiota ou que você a seduziu?

Ele não sabia. Não sabia o que era verdade e o que não era.

– Eu sabia do Lucas. E não a seduzi.

No fundo era verdade. Ele sabia do garoto. Mas nunca se achou no direito de reclamar. Ela merecia ter alguém da sua idade.

– Quer me convencer que é coincidência ter batido o carro num lugar aleatório da cidade, onde você nem costuma passar, perto de um cursinho, onde a menina estava com esse tal de Lucas. Quer me convencer que esse acidente não tem nada a ver com ter visto os dois juntos? Além do mais... Você terminou um casamento de dezesseis anos por uma traição e quer que eu realmente acredite que deixava essa menina sair com quem quisesse ao mesmo tempo que satisfazia seus fetiches nojentos?

– Susan, se vai realmente me acusar...

– Acusar, Henrique? Eu preciso te acusar? Você sabe exatamente o que fez, o que tem feito da sua vida. Se decidiu seduzir uma menina da idade da sua filha, isso é problema seu. Imagino que ela não tinha nem dezoito quando começou. Mas, ela é realmente muito bonita. Uma beleza que pessoas da nossa idade já não têm mais, certo?

– Não tem nada a ver com...

– Henrique, poupe-se. Você é nojento. Não acredito que dormi com um pedófilo por tanto tempo. Os pais dela não sabem, certo? Claro que não sabem. Que pais permitiriam uma abominação dessas?

– Susan...

– E o pior é que a menina está aí fora há dois dias. Você consegue fazer as mulheres ficarem completamente cegas por você.

– E o mais impressionante é que todas elas acabam me traindo.

– Você merece isso. Isso e muito mais.

E dizendo isso, Susan saiu do quarto.

Susan sabia.

Sabia que ele mantinha um relacionamento com uma garota da idade de Clara. Sabia o monstro que era.

Mas agora tudo ia acabar. Ia tentar consertar tudo. Estava errado esse tempo todo e agora ia consertar.

No entanto, ele sabia que quando Susan deixasse o quarto, Sophia acabaria vindo.

Pensou no que dizer e percebeu que não havia nada a ser dito. Tudo ia acabar. Tão de repente quanto começou.

No entanto, quem entrou não foi Sophia. Foi Lucas.

O garoto ruivo lhe causou uma dor instantânea no estômago. Precisou respirar fundo e até agradeceu que estivesse completamente dopado.

– Que merda você está fazendo aqui?

Lucas não se sentou. Foi até o pé da cama e ali ficou.

– Está sendo idiota.

– Bato o carro e vou pro hospital, pra acordar e só ouvir merda.

– Bateu o carro porque me viu com a Sophia, certo?

– Como você é perspicaz.

– Por que não acredita no amor dela?

– Amor? Amor? Onde é que tem amor na traição?

– Você é incrivelmente estúpido.

– É, talvez eu seja. Afinal, fui traído nos dois relacionamentos que tive na vida. O problema deve ser comigo.

– Sophia não te traiu. Ela nunca faria isso.

Henrique riu.

– Pare com isso, rapaz. Olha, eu nem entendo por que vocês escondem isso. Seria muito mais simples se ela dissesse que finalmente se apaixonou por alguém da idade dela. Não precisava me fazer de idiota.

Lucas fechou os punhos. Henrique reparou que os olhos do garoto ficaram vermelhos.

– Ela não te traiu, seu idiota! Quem dera tivesse! Quem dera eu pudesse simplesmente dizer a ela para terminar com você!

– Eu vi as mensagens no celular dela. Eu vi e sei que vocês têm se encontrado. Mensagens marcando encontros, dizendo que se eu descobrisse terminaria.

– Sophia e eu somos amigos. Amigos se encontram. E como você é idiota de achar que ela te trairia, mantemos isso em segredo.

– Estavam juntos naquela praça.

– Eu estava consolando ela! Estava ajudando ela! Sophia estava triste, só isso!

– E por que eu não sabia dessa tristeza?

– Porque ela estava triste por sua causa, seu babaca!

Henrique se ajeitou na cama. Precisou respirar fundo antes de continuar a discussão.

– Por minha causa?

– Ela estava com medo que a abandonasse. Ela sabe que a relação de vocês é baseada em conveniência. Era fácil pra você ir até o apartamento dela ou ela no seu. Agora não é mais.

– E por que ela não diria isso pra mim?

– Porque ela não confia em você! Presta atenção! Não dá pra confiar em quem amamos, só se confia em quem nos ama! E você não a ama! Aliás, você não tem nem ideia de como é amar alguém sem ser amado. Eu sei como é. Sophia sabe como é. E você fica aí enchendo a cabeça de merda achando que ela te trai!

Henrique então compreendeu o motivo de tudo aquilo.

Ele havia conseguido o que planejara o tempo todo. Não dizer que a ama para protegê-la do sofrimento quando tudo acabasse. Efetivamente, ela não havia se entregado de vez a ele. Não confiava como devia. Porque ele nunca disse que gostava dela. Nunca deu motivos para confiar. E agora, colhia o lado ruim dessa decisão cretina.

– Se a ama tanto... Por que está ajudando ela a voltar pra mim?

Foi nesse ponto que Lucas não segurou mais as lágrimas.

– Quero que ela seja feliz, e a felicidade dela é ao seu lado. Mesmo que não a ame, ela é mais feliz com você do que comigo.

– Lucas... Eu amo a Sophia.

Os olhos de Lucas se abriram ao máximo com aquela afirmação.

– Então diga a ela!

– Lucas, eu tenho quarenta anos. Logo completarei quarenta e um. Sophia tem a vida toda pela frente. Minha vida já foi construída. Nós não vamos ficar juntos pra sempre, isso é fato. Não vamos nos casar ou envelhecer juntos, porque eu envelheceria muito antes dela. Uma hora tudo isso vai acabar. Só me faltam forças pra isso. Eu devia mesmo terminar logo esse namoro estúpido. E ela devia ficar com você.

Lucas balançou a cabeça, negando. Mordeu o lábio inferior e as lágrimas escorreram. Havia certo desespero em seu rosto.

– Não, não, não! Você precisa dizer a ela! Ela precisa confiar em você! Por favor, diga! Diga a ela!

– Lucas...

– Diga! – ele implorou. – Ela precisa saber! – Ele soluçou, passou a mão toda pelo rosto arrastando algumas lágrimas. – Professor, já é tarde demais! Já não dá mais pra Sophia me amar. Sophia vai te amar até o fim de seus dias, com ou sem você. Por favor, que isso seja *com* você!

– Isso não é...

– Ela vai te dizer tudo que quer saber uma vez que possa confiar em você. Por favor, apenas diga.

Ele realmente não achava que isso era uma boa ideia. Mas, algo na voz de Lucas o fez considerá-la.

– Vou fazer melhor então, Lucas. Vou oficializar essa porcaria toda.

– Oficializar?

– Vou falar com os pais dela.

# Capítulo 21

# Tratamento

–Você sabe que meu pai nunca vai aceitar isso, certo?

Henrique conseguia sentir o medo na voz dela. Sentada no banco do motorista, ela parecia ainda mais magra do que nunca. Pequena, afundada no assento.

Já fazia dez dias que tinha saído do hospital. O que Lucas dissera ainda ressoava em sua cabeça. Ele passou a última semana tentando dizer a ela. Mas a frase ficava presa em seu peito. Quando ela olhava para ele, com os olhos verdes, a pele branca, tudo que queria era deixar as palavras explodirem e dizer que a amava mais do que achava ser possível. Mas, então as letras, as vogais, aquilo que sempre lhe soou poesia, se perdia em lágrimas de comoção, e o som não saía. "O que houve?" ela perguntava. "Nada", ele respondia, e então colocava uma mecha de seu cabelo atrás da orelha e acarinhava seu rosto.

– O que acha que seu pai pode fazer?

– Me expulsar de casa.

– Se ele fizer isso, você vem morar comigo. O que acha?

Claro que Henrique não era capaz de ouvir os batimentos cardíacos de Sophia. Mas, pelo jeito que ela perdeu a fala, dava para imaginar que seu coração quase dera um salto para fora de sua apertada caixa torácica.

– Eu seria a pessoa mais feliz do mundo.

– Talvez, se seus pais virem que me importo mesmo com você, que não estou abusando de você…

– Um dia, talvez. Mas por enquanto, viver com você é o suficiente.

Assim, ele parou o carro em frente à casa de Sophia. Tinha boas condições financeiras, dois carros na garagem. Uma casa bem maior do que onde vivia no momento. Podia se mudar, ir para um lugar maior. Mas, sem uma família para acompanhá-lo, isso não fazia muito sentido.

Ajudou Sophia a descer do carro e percebeu que a mão dela tremia. Estava realmente nervosa com a situação.

– Calma, Sophia. Já disse, se tudo der errado, te levo comigo. Vai ficar tudo bem. – Segurou-a pelos ombros ossudos, tentou mostrar confiança. – Relaxa.

– Estou calma – ela sorriu. Ficava ainda mais pálida com o sol diretamente em seu rosto, principalmente a essa hora do dia. Seus olhos também pareciam mais claros. – E você?

– Uma pilha, é claro.

Sophia tirou do bolso a chave de casa e tentou enfiá-la na fechadura, sem sucesso nos primeiros dez segundos, devido à tremedeira. Então, finalmente conseguiu abrir a porta.

Henrique também estava nervoso, mas transparecia bem menos, no entanto, quando bateu os olhos nos pais de Sophia, precisou respirar fundo.

Ficou muito claro que ela herdara os olhos verdes da mãe, mas o cabelo escuro do pai. A mãe era quase loira, cabelos castanho-claros. Estavam ambos sentados na sala quando entraram.

– Mãe, pai... Queria que conhecessem alguém.

Os dois se levantaram, e claro que estranharam a presença de um homem praticamente da idade deles com a filha.

– Esse é o Henrique – disse Sophia. – Meu...

– Namorado – completou Henrique.

Esperaram alguns segundos até que aquela informação fosse captada e compreendida pelos pais de Sophia. O primeiro a reagir foi o pai, Carlos.

– É o quê?

– Meu namorado – repetiu Sophia.

– Isso é algum tipo de piada?

– Não, senhor, eu e Sophia...

–Você e Sophia? – Carlos inflou o peito e andou na direção de Henrique. – Olha, se isso é uma brincadeira, é melhor falar logo, porque você está prestes a levar um soco.

– Pai, espera, fica calmo. Não é brincadeira. Só fica calmo.

– Ficar...? *Ficar calmo*?! Como você me traz um homem da minha idade aqui te chamando de namorada e espera que eu fique calmo? – As veias do pescoço de Carlos, que era um homem de bom porte, saltaram de forma repulsiva. – O que você fez com a minha filha? O que você fez com ela?!

– Senhor, eu entendo o que tudo isso parece...

A mãe de Sophia estava no sofá, chorando.

– Parece?! Você é um homem barbado de quanto? Quarenta anos? Querendo namorar a minha filha de dezoito! Isso não parece porcaria nenhuma! Simplesmente é! É a porra de um pedófilo!

– Eu amo ele! – gritou Sophia, também chorando. – Eu amo!!!

– Cale-se, Sophia! – bradou o pai.

– Senhor, eu entendo que esteja irritado, mas tente entender...

A frase de Henrique foi calada com um soco. Sophia se desesperou e correu até ele, abraçando-o e tentando colocá-lo de volta nos eixos. A pancada havia sido forte o suficiente para deslocar seu maxilar.

– Entender o quê, seu filho da puta!? Que seduziu minha filha, que agora quer continuar abusando dela na maior cara de pau?

– Eu amo sua filha! – gritou Henrique, como pode, com a mão no maxilar. – Eu a amo! Não queria, mas amo!

Sophia parou de respirar nesse instante.

–Você ama o corpo dela! O corpo que uma mulher da sua idade não pode ter, seu nojento, estúpido, pedófilo! Seu lugar é na cadeia!

– Oh, Deus, Deus… – choramingava a mãe de Sophia. – O que você fez à minha filhinha…

– Eu tenho dezoito anos, eu mando na minha vida! – gritou Sophia. – E eu quero ficar com Henrique!

– Minha filhinha, Carlos, foi ele… Foi ele…

Carlos então olhou para a esposa, desconsolada no sofá.

–Vivian?

– Foi ele, Carlos, foi ele… É por ele que nossa filhinha…

Carlos dobrou de tamanho naquele momento.

– Você… – apontou-lhe um dedo. – Seu filho da puta maldito!!!

Henrique já não fazia ideia do que estava acontecendo.

– Não, pai! Por favor! – implorou Sophia. Ela agora arfava de tanto gritar, respirava com dificuldade. – Por favor!

– Saia da minha casa, seu maldito! – Os olhos de Carlos estavam vermelhos de lágrimas. – Saia da minha casa!

– Se ele for, eu vou com ele! – disse Sophia, correndo até Henrique.

–Vá! – disse Carlos. –Vá, filha ingrata, vá! E depois volta correndo quando ele descobrir a verdade sobre você. Vá e aprenda por si mesma que ele só quer seu corpo.

– Não! – gritou Vivian. – Não, minha filhinha não! Não tire ela de mim, não tire ela de mim!

– Ela vai ficar comigo até que pensem melhor – disse Henrique.

– Não! – gritou Vivian. – Ela precisa ficar, precisa de nós, precisa de tratamen...

– Não!!! – gritou Sophia. – Henrique, vamos embora, vamos...

Sophia puxou Henrique dali antes que ele pudesse processar o que Vivian estava dizendo. Precisou de tempo, precisou atravessar todo o jardim. Entrou no carro, ainda perplexo, ainda tentando associar todos os pontos confusos daquela história. Chegou a ligar o carro. Chegou a dirigir por duas quadras. E só então conseguiu perguntar.

– Sophia, o que você tem?

A menina engoliu em seco.

– Nada. Por que a pergunta?

– Por que sua mãe disse que você precisava de tratamento?

– Ela não disse.

Henrique parou no sinal vermelho e olhou para ela.

– Sophia, diga a verdade.

Ele se lembrava agora. Agora vinha à sua mente como Sophia era quando tudo começou. Seios fartos, pele alva, mas não pálida. Os olhos não eram tão claros quanto agora e certamente seus ombros não tinham os ossos tão a mostra.

Quando percebeu isso, uma enorme bola de tristeza subiu à sua garganta. Ficou desconfortável, preocupado.

– Não tenho nada.

– Sophia, a verdade.

Ela fechou os olhos. Para evitar chorar. O carro de trás buzinou, pois o sinal já tinha aberto. Ele seguiu dirigindo enquanto ela esfregava os olhos com as mãos.

– Era verdade aquilo que disse aos meus pais? Que me ama?

– Sophia, eu te amo desesperadamente.

– Até que ponto?

– A ponto de bater o carro ao te ver com outro. A ponto de levar um soco do seu pai pra levá-la comigo pra casa. A ponto de ser idiota de prolongar esse relacionamento, mesmo sabendo que você merece alguém que tenha uma vida toda pela frente, como você.

Ela sorriu, mas agora as lágrimas já escorriam. Era a primeira vez que a via chorar. Seu coração se despedaçou.

– Lembra quando eu disse que eu ia te amar até o fim dos meus dias?

– Sim.

– Digamos que não seja tanto tempo assim.

# Capítulo 22

# Morbidez

– Sophia, não brinca com essas coisas.

Ela botou os pés no banco e abraçou as pernas, em posição fetal, chorando baixo.

– Estou doente, Henrique.

– O que você tem?

– Câncer.

Henrique inspirou o máximo de ar que pode e mesmo assim não foi o suficiente. Sentiu a visão embaçar, estacionou o carro assim que pôde.

– Por favor, Henrique, não me abandone por isso...

Ele ainda tentava processar a informação. Ainda tentava respirar.

– Henrique, por favor.

– Como eu não percebi isso? Como eu...

– Não tinha como. Eu comecei a cobrir os hematomas com maquiagem.

Os hematomas. Os malditos hematomas. Ninguém estava batendo nela. O câncer estava. A vida.

Ele ficou um tempo sem falar, simplesmente segurando a cabeça com as duas mãos. Então olhou para ela, ainda com a boca entreaberta.

– Sophia, mas isso já faz...

– Faz tempo. Na verdade, tudo começou... Com aquela torção no tornozelo. Os médicos lá me acharam muito pálida e me mandaram fazer um exame. Deu anemia leve, tomei remédio e passou. Mas ficava doente com frequência, até eu pegar pneumonia e eles começaram, então, a considerar isso.

Ele ficou pensando, sua cabeça entrando em parafuso, lembrando-se de tudo aquilo. Era por sua culpa que ela quase quebrara o tornozelo e fora para o hospital. Era por sua culpa que ela tomara chuva e pegara a pneumonia. Não fosse isso, talvez ela morresse sem saber.

– Quando descobriu efetivamente?

– Lembra quando me mandou terminar com o Lucas e eu fiquei triste naquela semana? Lembra quando me perguntou pela primeira vez quem tinha me batido? Naquele fim de semana eu fui com o Lucas fazer o exame e tinha recebido o resultado positivo.

– Você estava passando por tudo aquilo em silêncio? Está fazendo esse tratamento em silêncio?

– Claro que não. Não dá pra esconder quando se está fazendo quimioterapia. O cabelo cai.

–Você não está fazendo?

– Eu não queria. Não queria que você descobrisse. Não queria que me abandonasse.

E foi assim que Henrique sentiu o ápice da dor em sua vida.

Foi um sentimento ácido, corroeu sua garganta e fez jorrar as lágrimas.

Tudo fazia sentido. Um sentido louco e absurdo, um sentido doentio.

*"– Vai matá-la! Vai matá-la e nem sabe disso! Deixe a Sophia em paz!"*

*"– Mas, fora isso, não sei. Não acho que eu consiga terminar uma faculdade."*

As mensagens no celular. Provavelmente se tratavam dos exames.

Sophia tinha se recusado a iniciar o tratamento para que a doença não ficasse muito aparente. Porque *ele* nunca disse que a amava, nunca deu a entender que ficaria do seu lado nessas condições.

Não fez a quimioterapia para não estragar seu corpo. Porque sabia (ou achava) que era apenas isso que importava para ele.

– Sophia, isso é loucura... É absurdo! Como pôde abdicar da vida assim?

– O médico disse que eu teria uma pequena chance com o tratamento. Eu não queria te perder por uma pequena chance.

– Pequena chance!? Sophia, onde é seu câncer?

– Medula. Tenho leucemia. Leucemia linfoide crônica. O médico disse que era uma forma mais branda, mas tive picos de leucemia aguda, o que fez a doença progredir bem rápido. Foi a época dos hematomas mais frequentes.

– Oh, Deus...

–Vou entender... Se quiser virar o carro e me levar pra casa.

– Sophia, quando pretendia me contar isso? Quando estivesse morrendo nos meus braços?

– Basicamente.

– Sophia!

– Eu só queria passar meus últimos dias do lado do meu amor platônico, só queria que tudo valesse a pena!

–Você podia viver!

– Ou não!

Henrique respirou fundo. Sua menina... Escapava-lhe por entre os dedos.

– Não vou te levar de volta pra casa. Mas, só vai ficar comigo se começar o tratamento.

– Henrique, eu vou…

– Vai perder peso, vai ficar careca, vai ficar com um monte de roxos no braço. Mas eu quero você viva, do meu lado. Pra sempre. Não por uns anos.

Sophia derramou mais algumas lágrimas, olhou pra fora. Ele ligou o carro novamente, e o som do carro impediu-o de ouvir sua última frase.

– Anos não. Meses…

# Capítulo 23

# Proposta simples

Henrique odiava médicos.

Ficava desconfortável, tenso, sempre que tinha de conversar com eles. Sentia como se todos quisessem sempre parecer superiores. Tinha vontade de esfregar seu diploma de Matemática na cara de um deles.

Mas agora ele havia esquecido tudo isso. Estava em uma cadeira de um consultório caro, pago pelo convênio de Sophia. Não ficou surpreso ao descobrir que ela tinha o plano mais caro disponível. Afinal, os pais podiam pagar, e ela tinha câncer, fazia sentido. E o ar de superioridade do médico dessa vez lhe agradava. Que fosse o melhor médico do mundo, ou que pelo menos estivesse convencido disso. Era só o que ele queria para Sophia.

– Mudou de ideia então, Sophia?

Sophia fez que sim com a cabeça, bastante apática. Eles haviam conversado bastante sobre o tratamento na última semana. Henrique precisou jurar que não a abandonaria.

"Estou prometendo não te abandonar. Prometa a mim também."

"Eu jamais te abandonaria, Henrique."

"Então não morra. Faça esse tratamento".

– Bem, seu câncer já deve ter avançado consideravelmente. Nós vamos fazer de tudo, é claro. Vou te explicar o tratamento para que entenda como vamos proceder.

– Doutor, desculpe interromper – disse Henrique. – Mas um transplante não seria conveniente?

– O transplante seria extremamente conveniente, depois da quimioterapia. *Se* a químio não der jeito. Mas achar um doador compatível é muito difícil. Sophia não tem irmãos. Quando acontece de fazermos transplante, normalmente o doador é um irmão ou irmã da paciente. Compatibilidade fora desse caso é extremamente raro.

– Há alguma chance de *eu* ser compatível com ela?

– Chance sempre há, exceto no caso dos pais. Mas não se preocupe, Sophia é forte. Pelo que vejo, ela está reagindo magnificamente bem ao câncer. Outros pacientes nesse estágio já estariam internados por causa da fraqueza.

Henrique podia apostar que a força vinha de seu esforço em não deixar notar a doença.

O médico puxou um papel e uma caneta e escreveu algumas coisas. Então virou o papel na direção de Henrique e Sophia e começou a indicar o que tinha escrito.

– São três fases. Na primeira, ela será internada. Vamos fazer isso hoje. Vai começar a quimioterapia intensiva.

– O cabelo... Sempre cai? – perguntou Sophia.

– Dizem que não é sempre. Mas ainda não vi sequer um caso em que isso não acontecesse.

– Não se preocupe com isso, Sophia. É sua saúde que importa agora. – disse Henrique, segurando a mão da menina que tinha os olhos vermelhos, mas sem chorar.

– O cabelo volta a crescer, não se preocupe – disse o médico. – Ao fim da quimioterapia, você já deverá se sentir melhor, se tudo der certo. Continuará o tratamento em casa, sem sintoma algum. Isso deve durar alguns meses. Caso o câncer não volte, você estará curada, e fará a terceira fase do tratamento pelo resto da vida, que é o monitoramento, para assegurar que a doença não volte em alguns anos.

– E eu vou vir com você em cada uma das consultas – disse Henrique. – Até que eu esteja velho demais para isso.

Apesar da expressão triste, Sophia sorriu. Internamente, ele sabia, ela estava tão feliz quanto triste. Devia ser uma sensação bastante confusa. Estar com ele era algo que Sophia jamais imaginava ser possível. Ser amada nunca fez parte de seus planos.

Ter câncer também não.

– Bem, o câncer da Sophia é brando. Na maior parte das vezes, não é necessário fazer a quimioterapia logo de cara. Também é muito raro que se veja em adolescentes. – Henrique pensou novamente em Sophia como uma mulher em corpo de menina. – Normalmente o melhor é esperar e ver como ela reage. Mas, no momento em que descobrimos, ela já estava tendo sérias complicações e nós optamos por iniciar o tratamento. Ela, contudo, não quis. Então, nós vamos fazer um exame de sangue antes de qualquer coisa, para saber se poderá tomar o medicamento via oral ou se precisaremos ministrá-lo em via intravenosa ou por cateter. – Ele olhou diretamente para ela, com um sorriso leve. – Vai receber a visita de um dentista antes de começar o tratamento.

– Por que isso?

– Seu sistema digestivo todo pode ficar um pouco sensível, e isso inclui a boca. Podem surgir algumas aftas e com a diminuição das plaquetas podem ocorrer pequenos sangramentos.

Henrique percebeu que Sophia engolira em seco e apertara sua mão com firmeza. Podia sentir o medo em suas veias, correndo junto do sangue doente. Naquele momento ela virou-se para ele, uma lágrima escorrendo pela pele branca, os lábios roxos.

– Não quero fazer isso, Henrique – ela murmurou, os olhos cheios de temor.

O médico, que não ouviu o comentário da menina, começou a anotar algumas coisas numa ficha e então, sem erguer a cabeça, perguntou:

– E o senhor é o que dela?

Naquele momento Henrique olhou no fundo dos olhos de Sophia. Naquela imensidão verde submersa em lágrimas, que ameaçavam explodir em cachoeira pelo mármore de seu rosto. Cada poro de Sophia estava impregnado de dor, medo, angústia. E ele podia sentir isso queimando seu cérebro, pesando em seu peito. Perder Sophia estava fora de questão. Precisava dela sorrindo, para sempre, ao seu lado.

– Sou o noivo dela.

Podia ouvir o coração dela batendo agora. Com certeza podia. Era uma melodia. Uma música que dizia que ela estava viva, e mais do que viva, feliz. E o coração do professor também acelerou com aquela promessa.

Parecia que os dois corações queriam se encontrar.

# Capítulo 24

# Luta

Quando o médico disse que o sistema digestivo de Sophia podia ficar "um pouco" sensível, havia usado de um recurso da linguagem chamado eufemismo.

A primeira dose da quimioterapia – intravenosa – foi avassaladora. Sophia gritou de dor durante horas. Pediu que tirassem a agulha, que parassem o tratamento. Implorou e se esforçou tanto que acabou precisando de oxigênio.

Henrique, ao lado dela, segurando sua mão, tinha os olhos cheios de lágrimas. Ver alguém que se ama numa cama de hospital é algo que enfraquece o coração de tal forma que só os que já passaram por isso conseguem entender. Toda a situação de se estar num hospital é suficientemente angustiante. Os corredores com macas e doentes, as enfermeiras correndo pra cá e pra lá, o choro, os gritos, as crianças tristes. E Sophia, dezoito anos, com a vida ainda por começar, sem forças para apertar sua mão e amenizar a dor lancinante.

Em determinado momento ela virou a cabeça na direção dele, puxou o máximo de ar que pôde do aparelho de respiração e então fez sinal para que ele tirasse aquilo. Henrique obedeceu.

– Era verdade?

– O quê?

– Sobre... – ela tossiu e ele voltou a colocar a máscara de oxigênio no rosto dela.

– Sim – ele respondeu. – Quero casar com você.

Ela finalmente conseguiu reunir um punhado de forças para apertar a mão dele.

Ainda naquela noite, Sophia acabou colocando para fora todo o horrível e insosso almoço e jantar do hospital. Henrique segurou o cabelo dela o tempo todo, e depois a ajudou a tomar banho. Acabou passando a noite acordado, evitando que ela se esforçasse.

Na manhã seguinte, teve de ir à escola. Claro que não conseguiu dar aula normalmente. Sophia não lhe saía da cabeça. Deixá-la sozinha foi horrível.

Anunciou naquele dia que ia cancelar o clube de filosofia. Com Sophia e Lucas fora, só três alunos na mesa-redonda não seriam suficientes para manter as reuniões. E também não queria ficar na escola além do necessário. Queria voltar para o hospital.

No entanto, antes de conseguir entrar no carro, Lucas o parou.

– Lucas? O que está fazendo aqui?

– Fui até a casa da Sophia e os pais dela disseram que ela tinha ido morar com você.

– Sim, é verdade.

O menino fechou os punhos, ficou sem graça. Bem diferente do garoto decidido que o havia confrontado.

– Como ela está?

– Sophia foi internada.

– Internada? Ela se sentiu muito mal, o que ela teve?

– A convenci a começar o tratamento.

Lucas precisou de um tempo para assimilar.

– Sério?

– Sério.

Lucas quase começou a chorar.

– Obrigado... Muito obrigado, professor...

– Ei, estou indo pro hospital agora. Se quiser vir comigo...

– Claro! Sim, claro que sim, vamos!

E assim, Lucas entrou no carro sem precisar de um segundo convite.

Henrique não tinha problema nenhum com Lucas agora que a história toda tinha sido explicada. Pelo contrário. Acabou gostando muito do garoto. Ele tentou proteger Sophia de todas as formas que achou necessário. E mesmo amando-a, não hesitou em pedir a Henrique que ajudasse a menina, antes que tudo acontecesse. E depois, ao descobrir que era ele o motivo de Sophia não fazer a quimioterapia, pediu que se afastasse, disse que a estava matando sem saber. E de fato ele estava.

Lucas era um bom garoto. Sempre foi, e agora, Henrique se arrependia de ter acertado aquele soco nele.

– Como ela está? – ele perguntou.

– Está aguentando bem. A quimioterapia é realmente horrível, mas Sophia está... – ele não soube definir. – Está convencida a lutar.

– O que você precisou fazer?

– Eu apenas pedi que ela fizesse o tratamento.

– Ela disse que não faria. Que não queria passar por um sofrimento desses pra conseguir um tipo de sobrevida. Ela disse que não queria seguir depois da quimioterapia sabendo que você a abandonaria por causa do câncer.

– Eu a pedi em casamento – revelou Henrique, parando em frente ao hospital.

Lucas ficou pelo menos um minuto completo de boca aberta olhando para Henrique.

– Isso é...

– Eu já te falei que amo a Sophia. Não devia ficar surpreso.

– Ela deve estar muito feliz.

– Digamos que pelo menos está motivada a enfrentar a químio.

Lucas abriu a boca para falar alguma coisa, e Henrique se lembrou do receio dos alunos em discordar dele, já que o garoto desistiu no meio do caminho.

– Diga, Lucas.

–Você não... Não disse isso a ela só pra que ela fizesse o tratamento, certo?

– Eu realmente quero me casar com a Sophia, Lucas. Mesmo achando que não serei capaz de fazê-la feliz como alguém da idade dela o faria, mas quero me casar com ela. Eu a amo, não duvide disso. Não duvide em momento algum.

– Espero que os pais dela acreditem em você. Quando fui até a casa dela, o pai dela disse que "aquele pedófilo maldito a sequestrou de nós".

– Falando assim... – ele saiu do carro – mereço até prisão perpétua.

Quando os dois entraram na sala, Sophia estava afundada no travesseiro. Os lábios estavam da cor da pele, olheiras profundas sob os olhos. Muito mais magra que o normal, já se podia ver o osso marcando seu ombro. Agora os hematomas que ela cobria com maquiagem apareciam. Eram grandes manchas roxas amareladas nas bordas espalhados pelo braços e pernas. Além do enorme hematoma ao redor da intravenosa.

Ao vê-la, Lucas derramou uma série de lágrimas. Henrique entendeu. Ele mesmo precisava sempre conter um enorme emaranhado de sentimentos melancólicos que brigavam em seu peito ao vê-la.

– Lucas... – ela balbuciou. A voz pesada, rouca, arrastada. – Que bom que veio.

O menino foi até ela e beijou sua testa. Ela respondeu com um sorriso bastante singelo.

– E como você está, Sophia?

– Como pareço estar?

– Para mim, linda como sempre.

– Devia ter me visto ontem quando injetaram a quimio. – Ela quase riu. Teria rido se tivesse forças. – Tão linda que doía.

– Mas pelo menos você começou o tratamento. Logo vai ficar boa.

– É. Agora tenho que ficar – ela sorriu levemente. – Sabe qual vai ser a primeira coisa que vou fazer quando sair daqui?

– O quê?

– Vou comer muito. Para recuperar todo o peso perdido e ficar bem bonita... Pro dia do meu casamento.

Henrique conseguiu aguentar sem chorar. As lágrimas simplesmente pingaram em sua calça sem que ele sequer percebesse.

Esse casamento era o que a empurrava e o que a fazia querer passar por tudo aquilo.

–Vai ser a noiva mais bonita de todas.

–Você me perdoa, não é, Lucas?

– Perdoar pelo quê, Sophia?

– Pelo que te fiz. Sendo sua amiga quando me amava.

– Por que está pedindo desculpas por isso agora, Sophia?

Soava como um pedido de quem sabe que vai morrer, então é claro que Lucas ficou ressabido com aquilo.

– Uma hora eu precisava pedir – ela explicou.

–Você nunca abriu mão do seu amor, do mesmo jeito eu jamais abriria mão de você. Como posso te julgar, se eu faria exatamente a mesma coisa? Quero só que seja feliz, que eu possa conhecer seus filhos, que eu possa ser chamado de tio por uma Sophia miniatura.

Foi só a partir desse momento que Henrique pensou na possibilidade de ter filhos com Sophia. E seu amor duplicou com esse pensamento. A ideia de ter mais filhos lhe encantava, mas a traição de Susan impossibilitou esse sonho. Agora teria outra chance. E mesmo que ele ficasse velho, mesmo que morresse e ela ainda continuasse por muitos outros anos, mesmo assim ainda haveria uma parte dele junto com ela, um filho ou uma filha, para lembrá-la do amor que tiveram.

– Henrique, você quer mais filhos?

Ele estava distraído, pensando em Sophia grávida. Havia um leve sorriso em seu semblante.

– Henrique? – chamou Sophia.

– Ah, desculpe. Eu estava pensando... Eu poderia comprar uma casa nova assim que você saísse do hospital. Assim se você engravidar logo já teremos espaço para o quarto do bebê.

Ela sorriu imensamente. Henrique jamais seria capaz de imaginar o sentimento que se apoderou da menina naquele momento. Um sentimento que obliterou todo o medo da morte, toda a angústia e a dor constante do remédio que a destruía por dentro e por fora. Ele jamais imaginaria o que a ideia de ser mãe de um filho dele, um filho desejado, amado, não um acidente, representava para a menina de apenas dezoito anos. Ele nunca imaginaria o que isso representava para ela. A alegria daquilo era muito maior do que a tristeza de estar com a vida por um fio por causa do câncer.

– Vai ficar linda grávida – disse Lucas.

– Sem dúvida – disse Henrique.

– Qualquer coisa é mais bonita do que como estou agora – disse Sophia.

– Não me importo com como você está, Sophia. – Henrique foi até ela e a beijou delicadamente, como se, de outra forma, pudesse machucá-la. – Só o que me interessa é o que você é.

– E o que eu sou?

– Minha noiva. Minha menina. Sophia de minh'alma.

– De sua alma?

Ele se lembrou do poema, e percebeu que nunca o lera para ela.

– Um dia te explico – ele prometeu, tentando lembrar onde tinha colocado o poema, embora ainda se lembrasse de cada palavra dele.

– Vou esperar. E vou cobrar.

– Espero que sim.

# Capítulo 25

# Ossos e lágrimas

Sophia continuou a passar por todos os sintomas horríveis da quimioterapia, e ficava cada dia mais fraca. Nessa primeira fase, a ideia era destruir todas as células cancerígenas do sangue. Mas nisso algumas células saudáveis eram mortas também. Então, Sophia estava mais fraca do que nunca, praticamente sem plaquetas, o que a fazia sangrar cada vez que escovava os dentes. Também não tinha hemácias, o que a tornou muitíssimo pálida. Dava para ver suas veias por debaixo da pele. Ela precisou de várias bolsas de sangue, e Henrique ficou feliz em saber que dividiam o mesmo tipo sanguíneo, o que possibilitou doar-lhe seu próprio sangue. E a químio também deixou seu estômago tão sensível que já não se alimentava senão por soro, o que foi decidido tardiamente. Durante muito tempo ela continuou vomitando tudo que enfiava na boca, e, rapidamente, estava pele e ossos. E Henrique sempre ao seu lado, segurando seu cabelo, e depois segurando ela mesma, que já não conseguia se manter de pé por muito tempo.

Foi num desses dias que ele percebeu um punhado de cabelo em sua mão quando a ajudou a se reerguer. Disfarçou e a colocou de volta na cama. Nada disse. Deixou-a dormir.

No dia seguinte, logo pela manhã, acordou com o choro dela. Fraco, sem forças, mas cheio de sofrimento. Percebeu que ela havia tentado pentear os cabelos e um grande chumaço acabou na escova e em seu colo.

– Calma, Sophia. O médico avisou que aconteceria, está tudo bem.

Ela chorou mais algum tempo, coisa que o destruía por dentro.

– Henrique, você pode chamar um cabeleireiro aqui? Não quero que... Fique caindo aos poucos... Um chumaço por vez...

Henrique confirmou com um gesto e foi tomar um banho para sair. Ia aproveitar e pegar mais algumas roupas para ambos. Então deu-lhe um beijo, prometeu voltar logo e saiu do hospital.

Passou primeiro em casa, reuniu tudo que havia comprado para ela na semana anterior à internação, já que ela saíra da casa dos pais sem nada. Já havia bastante coisa no hospital, mas o médico disse que tão logo ela entrasse na fase de descanso – a quimioterapia era feita em etapas, para não esgotar o paciente e evitar que a própria medicação a levasse ao óbito –, ela poderia andar pelo hospital e, conhecendo Sophia, ela não faria isso vestida com as camisolas do hospital.

Quando estava prestes a sair de casa, a campainha tocou. Achou bastante estranho, mas abriu a porta de qualquer forma. Quem ele esperava que fosse, dessa vez, não era. Não era Susan. Era Vivian, mãe de Sophia.

Ela usava uma blusa cor de ameixa e um jeans bastante jovem. Era uma mulher bonita, mas agora estava claramente decidida a passar por cima dele com um rolo compressor.

– Quero minha filha de volta, seu porco imundo!

Henrique respirou fundo e fechou a porta atrás de si, já que ia sair de casa de qualquer forma. Erro seu, já que Vivian entendeu que ele a havia impedido de entrar.

– Sophia não está aqui.

– Onde ela está!? Se não me disser, vou dar parte à polícia!

– Desistiu de esperar que ela voltasse por si só?

– Está me testando, senhor?

– Não tenho por que esconder, senhora. Sophia está no hospital.

Viu toda a raiva se transformar em aflição em questão de segundos.

– No hospital? O que houve? O que ela está sentindo?

– Ora, a senhora sabe perfeitamente o que a Sophia tem. Eu é que fui o último a saber.

– Pare de gracinhas, seu pedófilo cretino. Sophia se recusa a fazer o tratamento. Quero saber se ela teve uma crise ou mais uma doença…

– Eu a convenci – interrompeu Henrique. – Ela está passando pela primeira semana de quimioterapia. Internada.

Havia uma mistura homogênea de surpresa, alívio e dúvida no rosto de Vivian. Ela ficou de boca aberta um tempo, sem saber o que responder, então ele o fez.

– Não entendo por que tanta surpresa. Eu disse que a amava.

Ainda de boca aberta, os olhos de Vivian se encheram de lágrimas.

– Ela está se tratando? Como ela está? Ela vai ficar bem? O que o médico disse?

– Senhora, estou indo atrás de um cabeleireiro para Sophia, para raspar o cabelo que já está caindo, e depois vou voltar para o Hospital. Se quiser ir comigo e perguntar tudo isso a ela e ao médico, seria de grande ajuda.

– Claro, claro… Sim, vamos…

Quando Sophia viu a mãe, deu um sorriso bem leve, porém honesto. Vê-la com Henrique lhe fez bem. Pelo menos agora pararam de brigar. Parecia que haviam entrado em algum tipo de acordo. Vivian, por outro lado, teve a reação óbvia de uma mãe que vê a filha em pele e osso num leito de hospital, respirando volta e meia com um inalador de oxigênio. A única coisa que não estava branca em seu rosto eram suas olheiras profundas. Até os lábios estavam pálidos. Então, Vivian chorou. Chorou e a abraçou. Henrique ainda tinha uma sensação de algo se estilhaçando dentro dele toda vez que entrava naquele quarto, apesar de todo o tempo que já tinha passado lá. Podia, então, imaginar o que sentia a mãe da menina.

O cabeleireiro esperou até que Vivian e Sophia soltassem do abraço para começar a cortar seu cabelo. Eles sabiam que Carlos, o pai de Sophia, chegaria em breve, pois Vivian ligou para ele ainda no carro.

Enquanto o cabeleireiro fazia o serviço, tanto a mãe da menina quanto Henrique conversavam com ela para que não pensasse muito nas mechas negras caindo por seu corpo.

– Seu pai quase não se aguentou, Sophia, de tanta felicidade. Logo ele vai chegar aí.

– Ele vai brigar com o Henrique – disse Sophia, com os olhos caídos.

– Não vai... Porque foi ele que te salvou. Que te convenceu.

– Ainda que tenha sido eu o... – murmurou Henrique – o motivo de ela não querer se tratar inicialmente.

Dissera isso mais para si mesmo do que para as duas. A intenção não era nem ser ouvido. Era mais uma confissão, uma dor que carregava todos os dias.

Em poucos minutos, antes que o cabeleireiro chegasse à máquina zero, o pai de Sophia chegou, descabelado pela correria. Mas parou à porta assim que viu Henrique.

– O que esse pedófilo faz aqui?

Henrique não se deu o trabalho de responder. Vivian se levantou, pedindo que o marido se acalmasse. Os dois foram até a porta e lá a mãe de Sophia conversou com ele. Enquanto isso, Henrique aproveitou para se sentar mais próximo de Sophia. Agora quase já não tinha cabelo.

– Não olhe para mim.

–Você está linda, Sophia.

– Não seja besta.

– É a mulher mais linda do mundo.

– Henrique, estou horrível. Sou pele e ossos, careca. Minhas gengivas sangram toda vez que escovo os dentes. Tenho olheiras absurdas e hematomas horrendos. Vomito tudo que como. Mal consigo andar.

– E ainda assim te amo. Vê como você é bonita?

Ela sorriu, quase chorando, quando a última mecha de cabelo caiu e o cabeleireiro deu um passo para trás, verificando se havia algum pedaço incompleto.

– Como pode ser tão perfeito? – ela disse.

Ele sorriu, admirando-a. Nada respondeu.

– Henrique, só me prometa uma coisa.

– Claro. O quê?

– Não corte o cabelo só pra mostrar que me apoia.

Ele riu. Ela continuou.

– Seria lindo, mas eu gosto muito do seu cabelo – e então ela sorriu.

– Ok. Prometo.

Sophia ia dizer alguma coisa, mas foi interrompida pelo pai, que finalmente entrou no quarto e a abraçou com força. Henrique se afastou para que eles tivessem espaço. Os dois conversaram, ele chorou. Sophia já havia se acostumado com as constantes lágrimas de quem a visitava. Não era agradável. Isso a fazia se sentir ainda pior, como se seu estado fosse digno sempre de lágrimas. Mas acostumara-se, pois era a primeira reação até das pessoas que não a conheciam.

Após vinte minutos conversando com a filha, Carlos se afastou e virou-se para Henrique.

– Gostaria de conversar com você.

Henrique fez que sim e os dois foram até o corredor do hospital. Henrique não temia, não esperava mais nada. Nada do que ele dissesse, nenhuma ofensa o faria se afastar de Sophia.

– Senhor Henrique, talvez eu tenha errado com você.

Nem soube o que responder.

– Não. O senhor está certo em muitos pontos, exceto em um. Sou mesmo culpado por Sophia demorar tanto para começar seu tratamento. Mas amo sua filha. E isso é real.

– O que eu queria te dizer é... – Seus olhos tremeram e Henrique quase podia sentir a alma daquele pobre homem chorando. – Vivian e eu sempre quisemos uma garotinha. Vivian principalmente. Ela queria uma garotinha para encher de penduricalhos, lacinhos cor-de-rosa. Foi assim que Sophia foi criada. Como uma boneca de porcelana, cheia de livros – então era de lá seu amor e conhecimento por filosofia – e boa educação. É filha única, preciosidade única. Vivian até fez remoção do útero. Por isso, quando apareceu na minha casa dizendo ser namorado dela, dizendo amá-la, querendo levá-la de mim, e sem sequer saber da doença dela... Um homem de quarenta anos aparecendo em casa e levando embora minha menininha... Eu me lembrei do quanto nós tentamos convencê-la a fazer o tratamento, e eu entendi que era por sua causa. O sangue me subiu a cabeça. Mas agora... Não precisa nem dizer que a ama. Não precisa me dizer. Eu vi como a olhava. Mesmo agora. Sophia não é nem metade da menina cheia de vida e bela que já foi. E mesmo assim a ama. Ainda assim está aqui. Admito que ainda não me agrada a ideia de que tenha quarenta anos, mas fico feliz que Sophia o tenha por perto. E quanto à sua culpa na demora... Deixe-me dizer o motivo pelo qual Sophia não queria começar o tratamento.

– Ela disse que era por medo de que eu a abandonasse.

– Em parte era. Porque quando ela ia ser internada, ela conversou com uma jovem com câncer terminal. Ela havia lutado por um ano contra um câncer de pele que tomou seu rosto. Lutou e sofreu, sofreu como Sophia está sofrendo agora, mas sofreu por um ano, e então recebeu a notícia de que morreria, e já não tinha nem forças para aproveitar o pouco que restava de sua vida. Disse ela que antes não tivesse nunca tentado. Teria morrido antes, mas com os cabelos, com um pouco do que era, e com forças para ser feliz e aproveitar. Não é do meu feitio julgar, ainda mais uma mulher à beira da morte, mas ela fez um mal terrível à Sophia. Imagino eu que, depois disso tudo, o que ela queria era manter-se bonita para aproveitar a vida ao seu lado, ou o que restava de sua vida. A culpa é sim, sua, senhor, mas sem você ela ainda assim teria se recusado a fazer a quimioterapia, e com você ela simplesmente a adiou. E agora, ela não faz o tratamento só por você ter pedido, ela quer *viver.* Ela quer passar por isso.

– Eu a pedi em casamento, senhor. Acho que deveria saber.

Carlos demorou um pouco para continuar o que falava.

– Bem... – era óbvio que ele não havia gostado da ideia. – Acho que agora tudo que posso fazer é aceitar e agradecer-lhe. E pedir desculpas pelo soco.

– Sem problemas.

Henrique ia se virar para voltar ao quarto, mas Carlos o chamou.

– Escute... você realmente quer se casar com ela? Quer dizer, isso não é só para que ela... – então ele parou de falar e Henrique se lembrou dos alunos que nunca discordavam. – Deixa para lá. Não importa. Faça o que tiver que ser feito.

Era outro que não acreditava naquele casamento.

Mas, agora isso já não importava. Porque Henrique, sentindo tudo que sentia por Sophia mesmo que ela dependesse de um inalador para respirar decentemente, mesmo que ela estivesse emagrecendo cada vez mais, dia após dia, e que ele tivesse passado todas as últimas noites sem dormir direito por causa dela, mesmo com tudo isso, e agora, sem os lindos cabelos negros que ele tanto gostava de acarinhar, mesmo assim, ainda a amava, e sentia que isso era muito maior do que jamais sentira por Susan. Era uma admiração, um querer desesperado. Um amor platônico que se realizava.

# Capítulo 26

# Família

Mais um sábado e, agora, Henrique estava em sua antiga casa. Ele pensava em todas as provas que tinha que corrigir e em todas as tarefas que não avaliou porque Sophia pegara uma gripe que evoluíra para pneumonia na última semana, tirando-lhe o sono. Ele repassou todos os momentos angustiantes de sua vida e, agora, sentado na sala que já dividira com Susan, ele tinha certeza que aquele fora o momento de maior medo pelo qual passou. A vida de Sophia esteve por um fio. Ele chegou a doar, imprudentemente, duas bolsas de sangue para ela. E, durante uma semana e meia, Henrique não soube o que era dormir, o que era ter um momento em que seu peito não doesse de pavor, de tristeza. Mas, agora ela melhorara, e entrara finalmente no período de descanso da quimioterapia.

Susan não estava em casa e ele contava com isso. Queria conversar com Clara a sós.

A filha estava na cozinha, pegando um suco para o pai. Ela ainda namorava o veterano da engenharia civil, e tudo parecia ir bem. Henrique gostava disso. Gostava de saber que a filha tinha a chance de seguir sozinha muito em breve, e abrir mão de morar com a mãe antes de sair da faculdade. Porque ele mesmo fizera isso ainda no primeiro ano e, ao sair, já podia pagar a mensalidade de uma casa própria – aquela que morava atualmente.

Quando Clara voltou, Henrique pegou o copo de suco e o bebeu de uma vez só. A garganta estava seca com o que ia dizer.

A respiração pesada. Claro que a filha percebeu que tinha olheiras e que a barba estava por fazer, ele andava mais desleixado do que de costume. Ele mesmo se sentia um trapo. Sempre no limiar do estresse, do desespero, da total depressão.

– Pronto, pai. Pode falar agora.

Ele respirou fundo, cabeça e ombros caídos, mãos juntas na mesa.

– Clara, quero que saiba que estou saindo com outra pessoa.

Clara não moveu o rosto. Não esboçou reação nenhuma. Por alguns segundos, permaneceu impassível.

– Eu entendo, pai. Está no seu direito.

– A questão é que… – ele se deteve, olhou nos olhos dela. Eram os olhos de Susan. – Clara, você me conhece. Sabe que tipo de pessoa eu sou.

– Claro, pai. Mas por que…

– É que… – cada palavra parecia pesar uma tonelada. – A pessoa que estou tendo essa relação não é o tipo de pessoa que você esperaria. Não é o tipo de pessoa com quem *eu* esperaria me relacionar. Na verdade, ainda estou tentando entender isso tudo.

– Pai, você está namorando um homem?

Henrique riu. Sabia que era um momento bem estranho para rir, principalmente com toda confusão que estava dentro dele.

– Não, Clara.

– Porque se for, vou aceitar de boa.

– Não, não é um homem, Clara.

Ela deu de ombros e então percebeu que ela estava realmente perdida sobre o que esperar quanto a "não ser o tipo de pessoa que se esperaria dele".

– Quero que entenda que nunca foi minha intenção. Nunca fui atrás dela. Na verdade, até fugi, até tentei negar.

– Calma, pai. O que tem de mais nessa pessoa?

– Ela… ela é alguns meses mais velha que você.

Agora sim Clara esboçou qualquer tipo de reação. Ela afastou-se alguns centímetros, o suficiente para que ele percebesse que essa notícia tinha sido pior do que se tivesse dito que era gay.

– Ela é sua aluna?

– Sim. Era. Já se formou.

Clara não disse mais nada.

–Quer comentar algo, Clara?

– Não, eu só… não esperarava.

– Clara, eu não mudei. Ainda sou o homem que conhece. Ainda sou exatamente o mesmo.

– O pai que me educou não iria atrás de menininhas.

– Eu não…! – Henrique sentiu-se frustrado, quase derrotado. Encostou-se contra a cadeira, bateu na mesa levemente para aliviar o sentimento que se apoderou dele. – Clara, eu não fui atrás dela. Ninguém acredita que eu ame aquela menina, mas eu a amo. E entendo que ninguém acredite, eu mesmo não acreditaria. E quer saber? Que se explodam todas as pessoas e o que elas pensam de mim, mas você é minha filha, e me importo com o modo que você me vê.

– Pai, onde isso termina? Por que está me contando isso? É claro que você pode até amar ela, mas… Não é como se você fosse formar uma família novamente. Ela é só um caso, certo?

– Clara, antes de qualquer coisa, quero que saiba. Sophia, a menina, ela… Ela está com câncer. Leucemia.

– Como assim? Se apaixonou por uma menina no hospital?

– Não. Quando começamos ela ainda não sabia o que tinha. E durante muito tempo, eu não soube. Ela não me falou. Há algumas semanas foi internada para começar o tratamento. Tenho passado as últimas noites no hospital.

– Nossa… Pai, você… Realmente gosta dela.

– Eu... – Seus olhos lacrimejaram. Ele se lembrou de Sophia, pele e osso, afundada na cama de hospital. – Eu a amo muito. Amo muito aquela menina. – As lágrimas invadiram seu rosto e ele tapou os olhos. Soltou um soluço, sentiu o coração esmigalhar-se.

Clara se sentiu tocada pelo choro do pai. Raríssimas vezes o vira emocionado. Então pôs a mão em seu ombro. Ele sentiu que precisava de alguém, precisava de apoio. E abraçou a filha. Ela o acompanhou no choro, mas não com a mesma intensidade que ele. Não no meio de tantos soluços, não como uma criança desamparada que perdera a mãe.

– Pai, posso vê-la?

E assim, Henrique levou a filha até o hospital. Reparou que a garota ficara bastante incomodada com o ambiente, e previu uma reação forte quando a menina entrasse no quarto de Sophia.

A primeira reação foi a típica de todos que viam a adolescente de cabeça lisa, pele firmemente agarrada aos ossos, pálida como um defunto, com mãos e braços cheios de hematomas, onde eram constantemente aplicadas intravenosas. Clara chorou. Chorou de pena.

Henrique, já mais acostumado – pelo menos sabia o que ia encontrar ao atravessar a porta –, foi até a menina e sentou-se ao lado dela.

– Sophia, essa é Clara, minha filha.

Sophia a reconhecia, do dia em que Henrique batera o carro e fora para o hospital. Mas Clara jamais se lembraria da aluna que ajudara o pai e a associaria com aquele ser humano que definhava na cama do hospital. Ninguém que não conhecesse Sophia muito bem saberia dizer que aquela menina cheia de vida e linda era agora a doente com câncer.

Apesar de estar em um intervalo da quimioterapia, Sophia ainda não tinha se recuperado do período que recebera a imensidão de drogas, além dos antibióticos para a pneumonia. Aliás, esta última doença quase a matara, e, agora, o descanso seria muito bem-vindo para a recuperação.

– Olá, Clara – murmurou Sophia, sorrindo. Seus lábios estavam rachados e pálidos.

Clara tinha os olhos cheios de lágrimas. Então sorriu do esforço da menina de falar com ela e olhou para o pai.

– Ela é linda, pai, parabéns.

– Eu te disse – sorriu Henrique. – E nós vamos nos casar. Tão logo ela fique melhor.

– Adoraria ser madrinha – disse Clara. – Se ela quiser.

– Seria ótimo – sorriu Sophia. – Seria perfeito.

# Capítulo 27

# Cantora

Demorou bastante, mas Sophia saiu do hospital. A primeira fase de seu tratamento estava completa. O cabelo já dava sinais de voltar a crescer e, nas últimas semanas, ela voltou a ingerir alimentos sólidos, o que a fez ganhar um pouco de peso.

No primeiro dia, Henrique a levou para a casa dos pais, que também ficaram no hospital com enorme frequência. Normalmente, enquanto Henrique estava na escola, eles ficavam lá, e ele dormia no hospital todas as noites. Ele acabou por fazer uma boa amizade com Carlos, e Vivian já admirava Henrique por tudo que fazia por Sophia.

Lá, eles comemoraram. Toda a família de Sophia estava presente, incluindo avós e tios. A maioria deles Henrique já conhecia. Já havia sido apresentado. Para outros ainda era um espanto que o tão comentado noivo de Sophia fosse um homem de quarenta anos. Mas, Henrique estava acostumado com essa reação e agora tudo que ele queria era ver Sophia feliz, se recuperando.

Em determinado momento da festa, o pai de Sophia propôs um brinde à recuperação da filha. E então pediu que Henrique fosse até ele, para anunciar que os dois se casariam muito em breve.

– Claro que o tratamento ainda não acabou, mas estou pensando em marcar logo o casamento – disse Henrique, abraçado à Sophia. – Em dezembro do ano que vem, talvez.

Sophia o abraçou com força e o beijou.

– Tem minha permissão, claro – disse Carlos, e ergueu um copo de cerveja. – Aos dois!

E todos os outros membros da família repetiram o gesto:

– Aos dois!

Henrique a beijou, longa e apaixonadamente.

– A nós – ele murmurou.

Henrique, de fato, marcou o casamento ainda naquele dia. Vinte e um de dezembro, próximo das festas de fim de ano, um mês depois do fim previsto pelo médico para a segunda fase do tratamento. Faltava pouco mais de um ano, mas parecia tão distante para eles.

De qualquer forma, enquanto esperavam, eles agiriam exatamente como marido e mulher.

Lá por janeiro do ano seguinte, Sophia já parecia completamente curada, e o cabelo já tinha crescido. Pouco, é claro, mas estava de volta. E o peso já era quase igual ao que tinha antes do tratamento. Nas férias escolares os dois aproveitaram para rir, para comemorar.

Ele comprou uma casa nova, maior. Mais espaçosa. Falaram sobre ter filhos. Falaram sobre o futuro.

– Não pensa em dirigir, Sophia?

– Não tinha me lembrado disso. Mas seria divertido.

– Podemos ir atrás disso. E também do seu vestibular.

– Poderia fazer alguma coisa no meio do ano.

– Sim. O que pensa em fazer?

– Desisti da ideia de ser alguém há algum tempo. Agora que sei que vou viver para isso, já não sei mais. Mas você falou em medicina. Seria interessante.

– Tem meu apoio. Apesar de eu odiar médicos, se não fosse por eles, talvez hoje não te tivesse aqui.

Ele a abraçou, beijou-lhe a testa.

– Estou aqui por sua causa, Henrique, não se engane – ela sorriu. – Nunca imaginei que tudo isso pudesse ser real.

– Talvez não seja. Talvez estejamos só sonhando.

– Ou talvez tenhamos saído da caverna, para deixar de enxergar sombras e agora estamos no mundo real, vivendo um amor platônico em sua mais perfeita definição.

– Ou talvez você devesse prestar filosofia – e ele riu.

Ela o acompanhou.

– De louco aqui basta você.

– Mas você aprendeu a minha loucura muito bem.

Sophia se levantou na cama, de pé, de frente para ele. Henrique, por alguns segundos, se perguntou o que ela faria, mas então simplesmente se deixou levar. Sorriu e a observou esticar-se para trocar o CD que estava num *home theater*. E então começou a rir quando Sophia pegou o controle remoto e fingiu que era seu microfone, para cantar junto com a música. Cantava muito bem, por sinal, e ele passou a achar injustiça com o resto mundo que Sophia fosse tão inteligente, bonita e madura, e ainda por cima cantasse bem. E, conforme cantava, imitava a cantora, encenava. Até chegar ao refrão e ela erguer uma das mãos na direção do teto e bradar:

– *But we're never gonna survive, unless... We get a little crazy!*[1]

Ela apontou o controle para o *home theater* logo em seguida e outra música começou. E ele riu daquilo assim que ouviu a batida inicial. Ela imediatamente despenteou os cabelos curtos,

---

1 Trecho da música "Crazy" de Seal. Tradução da autora: "Mas nós nunca vamos sobreviver, a menos que enlouqueçamos um pouco."

segurou o controle remoto novamente como se fosse o microfone e recomeçou a cantar junto com a música.

– *I hate the world today.* – Sophia movia os quadris conforme a música. – *You're so good to me, I know, but I can't change, tried to tell you.* – Ela deu de ombros, com um sorriso malicioso. – *But you look at me like maybe I'm an angel underneath. Inoccent and sweet.*

Henrique se limitava a sorrir, deslumbrado com a surpresa constante que era Sophia.

– *Yesterday I cried.* – Ela fez gestos de quem chora, passou a mão nos cabelos curtos. – *Must have been relieved to see the softer side, I can understand how you'd be so confused, I don't envy you, I'm a little bit of everything, All roled into one...*

Henrique teve de dar espaço quando ela começou a pular na cama durante o refrão. Chegava a ser engraçado. Ela fechava os olhos e cantava como se estivesse diante de uma enorme plateia.

– *I'm a bitch!* – ele riu muito com isso, e principalmente com a pose de vadia que Sophia fez, e a entonação forte na palavra. – *I'm a lover, I'm a child, I'm a mother, I'm a sinner, I'm a saint, I do not feel ashamed, I'm your hell, I'm your dream, I'm nothing in between, you know, you wouldn't want it any other way.* Na cabeça de Henrique vinham as palavras "*you know you wouldn't want it any other way*" e isso não poderia ser mais verdade.

– *So take me as I am, this may mean, you'll have to be a stronger man, you used to shoot when I start to make you nervous, and I'm going to extremes, tomorrow I will change and today won't mean a thing...*

E perto do fim da música, para encerrar, Sophia fez questão de dar ênfase:

– *I'm your angel undercover, I've been numb, I'm revived, can't say I'm not alive, you know I wouldn't want it any other way....*[2]. Então Sophia ergueu os dois braços tão logo a música cessou, como se ouvisse os aplausos da plateia. Henrique riu e bateu palmas. E agora, o que a cantora vai cantar? – O show acabou, querido – ela riu. – Agora a cantora vai se jogar na plateia. – E dizendo isso, ela se jogou ao lado dele, sendo imediatamente alvo de apertões que a fizeram se contorcer de riso com as cócegas. Quando se cansaram e apenas aproveitavam o momento, Henrique virou o rosto e a beijou. – É o melhor dia da minha vida.

– Disse isso ontem – lembrou Sophia.

– Até então, ontem era o melhor dia da minha vida. Desde que Clara nasceu.

– E amanhã?

– Vai ser o melhor dia até então. E os dias serão melhores e melhores até o dia que você me disser que está grávida. Daí só vai superar o dia que eu olhar para o nosso filho ou filha.

---

2 Trecho da música "Bitch" de Meredith Brooks. Tradução da autora: "Odeio o mundo hoje/ Você é tão bom pra mim/ Eu sei, mas não posso mudar./ Tentei lhe dizer, mas você olha pra mim como se eu fosse um anjo por dentro,/ Inocente e doce/ Ontem eu chorei,/ Deve ter sido um alívio conhecer minha parte fraca/ Posso entender como você esteve tão confuso/ Não invejo você,/ Sou um pouquinho de cada coisa,/ Tudo dentro de uma só. Sou uma vadia, sou uma amante,/ Sou uma criança, sou uma mãe,/ Sou uma pecadora, sou uma santa,/ Não tenho vergonha. /Sou seu inferno, sou seu sonho,/ Não sou meio termo,/ Você sabe que não gostaria que fosse de qualquer outro jeito.
Então, me aceite como sou/ Isso pode significar que você terá que ser um homem mais forte/ Tenha certeza de que quando eu começar a lhe deixar nervoso, Irei a extremos. Amanhã mudarei/ E hoje não terá sentido nenhum. Estive adormecida, fui reanimada /Não dá pra dizer que não estou viva./Você sabe que não gostaria que fosse de qualquer outro jeito."

– Se for uma menina... Vai se chamar Victória – ela disse.

– Oh, Deus, como eu me sinto novo do seu lado! – ele riu e a abraçou mais forte. – Parece que tenho vinte e poucos anos de novo.

– Ah! – Sophia ergueu o tronco levemente para olhar para ele. – E aquele negócio de "Sophia de minh'alma" que você mencionou? Pediu para eu te cobrar uma explicação.

– Verdade – ele tentou lembrar as palavras do poema, mas agora elas já lhe fugiam. – Preciso encontrar o papel, não adianta. Um dia te explico. Prometo.

E assim passaram-se as férias. Passaram-se os meses. O vestibular de meio de ano (Sophia passou numa faculdade particular, porque não abriram vagas na faculdade estadual daquela cidade, então, decidiu prestar de novo o vestibular ao fim do ano). Passou-se o aniversário de vinte anos de Sophia. O casamento se aproximava, assim como o fim do tratamento. As coisas seguiam melhores do que esperavam. Ela já comprara o vestido de noiva. A família toda começava a fazer os preparativos. Os convites já tinham sido enviados. Sophia e Henrique estavam prestes a conquistar o "e viveram felizes para sempre" que queriam.

Até que aconteceu.

# Capítulo 28

# Sina

Na escola, Henrique era alvo de muitos comentários. Já esperava por isso e não se importava nem um pouco. Só ficou espantado de ver quantas pessoas ainda conheciam Sophia lá dentro. Afinal, já fazia dois anos desde que a menina se formara.

A coordenadora do colégio chamou-o para conversar tão logo recebeu o estranho convite de casamento. "A *nossa* Sophia?", ela perguntou na época. Não tinha como a história soar mais estranha aos seus ouvidos. Uma ex-aluna, agora com dezenove anos – quase vinte, diria Henrique –, casando com um dos professores que dera aula para ela por três anos. No mínimo, bizarro. Isso, claro, sem acrescentar que a tal aluna agora lutava contra uma leucemia. Teorias infinitas eram tecidas, histórias eram formuladas. Histórias como esta, sem muitos fatos verdadeiros, mas deduções incontáveis.

Henrique, mesmo quando avisado sobre manter discrição e não comentar sobre isso – para evitar mães e pais de alunas com medo de um professor pedófilo –, não se importou com absolutamente nenhum comentário, nem os mais maldosos. Para quem tinha seu grande amor tomando remédios fortíssimos para leucemia, para quem tinha visto Sophia definhando na cama do hospital, tossindo e vomitando sangue, comentários maldosos soavam como uma música ruim facilmente ignorável.

Mas, agora tudo era música aos seus ouvidos. Até as buzinas no trânsito, até os xingamentos, as freadas bruscas. Tudo era perfeito e nada lhe incomodava. Porque Sophia o esperava, praticamente curada, pronta para passar o resto da vida ao seu lado, e lhe dar filhos, mais um, dois, ou três quem sabe.

E Henrique fazia o caminho de volta, sorrindo, pensando no futuro, até que seu celular tocou. No visor, o número da nova casa.

– Sophia?

– Henri, amanheci meio gripada, você pode passar na farmácia para comprar algum remédio?

– Sophia, tem que ver isso aí. Você precisa de antibióticos, precisa de receita.

– É só uma gripe, não é nada de mais.

– O médico disse que você tem que tomar antibiótico pra qualquer infecção, Sophia.

– Henri, meu nariz está entupido, só quero aquele remédio milagroso que você me deu há dois anos. E algo pra tosse.

– Ok. Mas se você não melhorar até amanhã, vamos ao médico.

– Ok, como você quiser, cabeça-dura – ela riu. – Te amo. Um beijo.

– Também te amo. – Um surto de ironia passou pela cabeça dele com essa frase e ele se lembrou do quão absurda ela lhe soava há dois anos, na época daquele remédio. – Um beijo.

Desviou-se do caminho e passou numa farmácia assim que avistou uma. Comprou o que ela pedira e perguntou ao farmacêutico se podia comprar um antibiótico leve sem receita. Recebeu uma negativa como resposta. Já esperava por isso, mas precisava tentar.

Ao chegar em casa, Sophia estava debaixo de uma coberta, assistindo a um filme de animação infantil. O nariz vermelho, os olhos baixos. Afundada no sofá com uma xícara de chá quente nas mãos. Ao lado, um pacote de lenços de papel.

– "Meio" gripada, Sophia?

– Estou bem – ela se defendeu. – Nem estou fanha – sorriu e fez sinal de ok com os dedos.

– Devia ir ao médico.

– Henri, eu sempre fui meio doente. Tive rinite constantemente até os quatorze anos, já tive pneumonia cinco vezes, e sim, *cinco* vezes – ela mostrou a palma da mão para dar ênfase – bronquite, gripe três vezes por ano, fora as anemias, que começaram bem antes da leucemia. Enfim, eu nunca achei que chegaria aos vinte anos. – E riu, como se isso fosse motivo para rir. – Então relaxa. Estranho seria se eu não estivesse gripada.

– Já sabe. Se até amanha não melhorar...

–Você pode até me internar. Agora me dá o remédio, por favor.

Henrique não gostou nem um pouco daquilo. A leucemia baixa a resistência das pessoas e as torna facilmente suscetíveis a doenças. Por isso a ideia de que a gripe era simplesmente uma continuidade de um passado já pouco saudável de Sophia não lhe convencia. Ele preocupou-se, e preocupou-se *muito*.

Ela tossiu bastante durante a noite, o remédio não ajudou. Ele massageou as costas dela com um remédio em gel. Fez um chá, perguntava-lhe mil vezes se estava se sentindo melhor, mas tudo que ela fazia era dizer que estava bem, que ia acordar melhor.

Mas ela não conseguiu dormir. Nenhum dos dois conseguiu. Não antes das cinco da manhã.

Ele foi trabalhar e a deixou dormindo. Pouco antes de adormecer, ela respirava alto, cansada de tanto tossir. Reclamou de dor no estômago, muito disfarçadamente, reflexo das constantes contrações da tosse.

Na escola, Henrique confundiu o nome dos filósofos umas tantas vezes, sendo sempre corrigido por uma aluna bastante atiradinha, que certamente achava que o professor adoraria sair com outras alunas. Estava cansado, preocupado, mas tinha a esperança que descansada depois de uma boa noite de sono, Sophia estaria melhor quando chegasse em casa.

Quando chegou em casa, no entanto, Sophia estava ainda na cama, praticamente como a tinha deixado antes de sair. Estava pálida e respirava com dificuldade.

– Sophia, nós vamos *agora* para o hospital. – Ele imediatamente começou a enfiar as mãos debaixo das cobertas para pegá-la no colo.

– Não, não, eu estou bem, só não dormi direito, juro! – Ela tossiu em seguida. – Estou bem, estou... – e tossiu mais, até os olhos lacrimejarem. – Não preci... – e tossiu até se engasgar. E então passou a tossir por causa disso. Quando afastou a mão do rosto para segurar os braços dele, a camisa de Henrique se tingiu de vermelho.

– Sophia...

Henrique certamente sentiu as pernas bambearem.

Ele tirou a coberta de cima dela para levá-la ao hospital. Nessa altura, ela quase chorava. Mas eram tão raras as vezes que Sophia chorara em sua frente que não esperou que lágrimas rolassem, apesar dos olhos vermelhos. Quem chorou foi ele, ao ver um enorme hematoma na coxa direita da menina.

– Sophia, isso é...

– Eu bati! Juro, bati na hora de sair da banheira, eu...

– Sophia, vai ficar tudo bem. Nós vamos pro hospital agora.

Ele a levou nos braços, sem tomar o cuidado de trocar o pijama dela. Sophia foi muda durante a viagem toda, encolhida no banco, agarrando-se ao moletom que estava no banco traseiro. Só emitiu som para tossir. Cada vez com mais sangue.

No hospital, o médico a internou imediatamente e já lhe ministrou antibióticos diretamente na veia. Também colheu sangue para exames. E Sophia passou mais uma noite no hospital, no quarto ao lado do que esteve da primeira vez. Henrique dormiu ao lado dela.

No dia seguinte Henrique não foi trabalhar. Ligou para a diretora e avisou do ocorrido. Passou páginas de exercício para os alunos de cada ano. Então, ele estava lá, quando o médico apareceu na porta, com mais doses de quimioterapia.

Sophia segurou a mão de Henrique com força. Ele olhou para ela com pesar no peito. Seus olhos estavam afundados em lágrimas que nunca escorreriam.

– Não quero fazer isso de novo. Henrique, nosso casamento...

– Sophia, não se preocupe.

– Eu quero pelo menos ter cabelo no nosso casamento, Henrique – ela choramingou.

– Pode usar uma peruca, apenas...

– Não! Eu não quero usar uma peruca!

Henrique suspirou.

– Podemos remarcar então. Se precisar. Mas você tem que se tratar. Essa era a condição.

Henrique imediatamente se arrependeu do que disse. Sophia derramou a primeira lágrima quando ouviu isso. Assim como Lucas, assim como o pai dela, assim como todos os outros, até mesmo Clara, agora Sophia também achava que o casamento era só para fazê-la passar pela quimioterapia.

O médico percebeu a discussão e disse que voltaria dali a alguns minutos. Foi quando Sophia esqueceu completamente a expressão de medo que tinha e agora estava simplesmente triste.

– Se casaria comigo se eu decidisse morrer?

Henrique sentiu as entranhas dançarem com essa frase.

– Como assim, decidir morrer?

– Se eu recusar a quimioterapia e decidir que quero aproveitar meus últimos meses, você se casaria comigo?

– Não vou deixar você fazer isso.

– Então isso é um "não".

– Isso é um "essa possibilidade não é válida".

– Se você não me deixar fazer isso, Henrique, é porque tem alguma forma de me convencer. A única forma que tem de me convencer é ameaçando não se casar comigo. Então se eu não fizer o tratamento, se eu decidir morrer, você não se casa comigo.

– Sophia, que diabos está dizendo?

– Obrigada por se preocupar. – Ela derramou uma lágrima após a outra antes de continuar. – Mas não quero sua pena nem quero que se case comigo pra não se sentir culpado por uma decisão minha. Eu tinha decidido aproveitar meus últimos meses com você, sem passar pela quimioterapia. Era assim que devia ter sido. Não era sua culpa.

– Por que tem tanto desejo de morte? Por que a vontade suicida?

– Não é uma vontade suicida, Henrique. Não se confunda. Eu quero viver. Quero mesmo. Mas o que está sendo verdade para mim não é verdade para você. Estou pensando em nós dois cuidando de uma casa, juntos. E você está pensando em salvar a adolescente que se apaixonou por você. Portanto, ok, eu vou fazer o tratamento, sem problemas. Mas desmarque o casamento.

– Desmarcar?

– Não vou fazer o tratamento se não desmarcar o casamento.

– Sophia, do que está falando? Eu quero me casar com você, não seja besta.

– Não, você quer me salvar. Se quiser me salvar, cancele o casamento.

– Que droga, Sophia! – Henrique se levantou furioso e quase derrubou o tripé que segurava o soro com antibiótico. – Por que é tão difícil pras pessoas acreditarem em mim? Demorei meses para admitir que te amava e agora não acredita? Se uso o casamento como chantagem para te fazer continuar no tratamento é porque quero você viva por muitos anos do meu lado! É a única forma que vi de tornar isso real, sinto muito se parece outra coisa. Mas é o que tem pra hoje.

– Então respeite minha opinião. Não quero me tratar.

Foi Henrique quem ficou com os olhos vermelhos dessa vez.

– Sophia, por favor...

– Ainda se casa comigo?

– É claro que eu ainda caso com você! Mas...

– Ok, então – ela sorriu. – Eu faço o tratamento.

Uma semana e menos quatro quilos depois, Sophia começava a perder o pouco cabelo que tinha recuperado. Ela voltara à situação de morbidez que fazia todos chorar.

Era um sábado e ela havia feito exames de rotina no dia anterior. Henrique estava lá quando o médico chegou com alguns papéis na mão.

– Senhor Henrique, posso falar com o senhor um instante?

– Claro. – Ele apertou a mão de Sophia, que tentava comer uma torrada sem sal como café da manhã.

Henrique era muito rápido em ler as pessoas. Não se espera isso de alguém formado em Matemática, mas sua parte filosófica trabalhava independentemente nessas horas. Era, ou devia ser, um especialista na compreensão do homem. Então, quando o médico coçou a sobrancelha antes de começar a falar, Henrique esperou – se é que há como se preparar para isso – o pior.

– Senhor Henrique, infelizmente a gripe de Sophia realmente não é só uma casualidade, um infortúnio. Está diretamente associada a uma enorme progressão de sua doença.

– Progressão? Como assim?

– Infelizmente – e Henrique previu ouvir essa palavra muitas vezes naquele momento –, a leucemia "mudou", por assim dizer. Sophia foi diagnosticada com um subtipo muito incomum de leucemia em adolescentes. A chamada linfoide crônica só costuma aparecer em adultos ou idosos, muito raramente antes dos trinta anos. Sophia é um caso raro e isolado. A leucemia linfoide crônica demora muito para evoluir, e na maioria das vezes nem é necessária a quimioterapia já que o paciente pode levar uma vida normal durante muito tempo. Às vezes o paciente morre por causas naturais antes de o câncer começar a lhe afetar. Há alguns casos, porém, que a progressão é mais rápida, e em questão de um ou dois anos, com alguns picos, o paciente chega a um estágio irreversível. A saúde delicada de Sophia e a sua idade mascararam os sintomas da doença, e infelizmente, ela progrediu bastante rápido. A paciente até se recusou a tratar-se, o que deu espaço para uma evolução da leucemia. Com a quimioterapia, Sophia melhorou ao ponto de não ter mais sintomas, mas a doença continuou lá, e, agora, progredindo como leucemia aguda. No entanto, de acordo com esses exames, Sophia não está mais respondendo ao tratamento. Suas células estão rejeitando a química.

– Então ela vai fazer mais quimioterapias, o que vai acontecer?

– Infelizmente – maldita palavra –, a quimioterapia não será suficiente. Como eu disse, as células dela já não aceitam o tratamento. O ideal seria um transplante, mas ela está a anos de conseguir um.

– Então o que mais? O que mais ela vai fazer? – começara a brotar desespero em seu peito. – Esperar pelo transplante?

– Senhor, entenda...

– O quê?! O que ela tem que fazer? Qualquer tratamento, posso pagar qualquer tratamento.

– Senhor, de acordo com os exames que tenho aqui, no nível em que a doença avançou, eu...

– Dinheiro, acredite, não é problema. – Ele tiraria do inferno o dinheiro necessário para curá-la, ou para, como fazia agora, não ouvir o veredito final que já conhecia.

– Não é uma questão de dinheiro, senhor. A questão é que no nível que a doença está...

– Não, não, por favor...

– Não há mais nada que possamos fazer, a não ser amenizar os sintomas.

Henrique desabou. O mundo, ele mesmo, tudo foi ao chão. Sentiu a força escorrer dos membros como água. Pôs-se a tremer. Suar frio. Chorar e soluçar. "Não, não, não..." ele murmurou, de cabeça baixa, encostada na mesa do médico.

– Senhor, eu entendo, é difícil, mas...

– Ela é muito nova... Não é justo, por que não eu?

– Senhor, ela terá a chance de aproveitar o resto de sua vida. Poucos pacientes de câncer têm essa oportunidade.

Henrique finalmente achou forças, um mínimo, para erguer a cabeça. Não ia conseguir andar por um tempo. Não sabia, mas se tentasse se levantar naquele momento, cairia em colapso.

– Quanto tempo?

– Quatro meses, pelo que estou vendo aqui. Cinco, se ela for forte.

Cinco meses de Sophia, e então o silêncio, o vertiginoso silêncio.

– Eu devia estar lá... – chorou Henrique. – Eu devia estar lá! Devia ser eu no lugar dela!

– Senhor, nós podemos chamar um psicólogo para falar com ela após a notícia, se quiser.

Henrique se levantou bruscamente, e então sentiu as pernas falharem. A visão turva pelas lágrimas, os sentidos lhe traindo. Só sabia o que era tristeza, já nem sabia diferenciar o chão e o teto.

Apoiou-se na parede, e só conseguiu ir até a porta. O médico tentou ir atrás, tentou segurá-lo, mas Henrique acabou caindo no corredor à frente da sala, jogado contra a parede, como um bêbado qualquer.

– Sophia… – ele balbuciou. – Sophia!

– Senhor, venha, tome uma água, acalme-se – disse o médico, tentando ajudá-lo a se levantar.

– Sophia… – ele murmurou, em meio a soluços. – Sophia…

– É preciso dar a notícia a ela, senhor. Ela tem a chance de ser feliz nesses cinco meses, mas certamente não será feliz se o vir assim.

Henrique ainda chorou por vinte minutos, sem que ninguém conseguisse tirá-lo dali. Ele ganhava forças, coragem, ou o que quer que fosse necessário para ir até Sophia, para olhá-la nos enormes olhos verdes e contar-lhe a verdade. Ele sentia que tão logo isso acontecesse, tudo se tornaria fato consumado. Quando ela soubesse que morreria em breve, só então isso se tornaria real. Seu lado racional, no entanto, lhe insistia em dizer que o câncer a devorava por dentro, independente dela saber ou não.

E os pais dela… os pais dela!

Lucas…

Sophia ia embora levando pedaços de muitas pessoas, que jamais se recuperariam completamente dessa perda.

Então ele, finalmente, se levantou. Apoiou-se na parede, tentou andar normalmente. Foi até o banheiro. Olhou-se no espelho e viu o estado de total destruição emocional. Lavou o rosto, secou, olhou de novo. Não tinha melhorado. Os olhos ainda estavam vermelhos, caídos. Mas era o melhor que conseguiria. Então saiu. Andou pelo corredor todo branco. Desviou-se de uma maca onde um senhor estava sentado com um tubo pelo nariz. Engoliu em seco quando parou em frente à porta. Respirou fundo. Tentou se refazer por dentro. Então entrou. O coração pareceu ter parado quando olhou para ela. Por alguns segundos achou que ia desmoronar, começar a chorar e abraçá-la. Mas, usou de toda sua força para permanecer impassível. Respirou mais uma vez, mas quando inspirou, soou fraco, soou falho. Fraqueza. Ela percebeu.

Andou até a cadeira ao lado da cama e sentou-se ali. Alisou os cabelos dela que já estavam no ombro. Tentou sorrir, mas teve certeza que o sorriso saiu triste e amargurado. Pouco convincente.

– O que aconteceu? – ela perguntou. Os olhos começando a marejar.

– Sophia...

Não era justo. Não era justo de forma alguma. As palavras não saíam.

– Fala, Henrique.

Vermelhos. Os olhos dela estavam vermelhos. Ela conseguia ver nele toda a infinita tristeza que escondia. Sabia que algo estava muito errado. E isso o derrotou. Não era capaz de dizer.

– Vai ficar tudo bem – ele disse, e uma lágrima finalmente se libertou, como que explodindo de seus olhos. – Você vai ficar boa.

E então, Sophia, que nunca chorava, pôs-se num choro baixinho, de cortar o coração.

– Seu mentiroso.

Henrique tremia. As mãos tremiam muito. Fazia força demais para não desabar em lágrimas.

– Quero estar bonita no casamento – ela disse, choramingando. – Vou precisar cortar o cabelo de novo?

– Não. Não vai precisar.

– Então... Eu vou morrer?

Henrique não conseguiu responder. Em vez disso, desabou em chorar. Não havia mais como segurar. Suas lágrimas eram rios turbulentos em seu rosto. As de Sophia desciam delicadamente, uma após a outra, sem pressa.

–Vai dar tempo de nos casarmos?

O casamento era dali um mês.

– Sim.

– Então está tudo bem.

E, assim, Sophia, que já tinha abraçado a ideia de morrer, abraçou agora a certeza. Com a mesma maturidade pela qual Henrique se apaixonara.

# Capítulo 29

# Votos

Henrique estava nervoso. Ansioso. Passou a mão no cabelo cinco vezes nos últimos minutos. Então olhou ao redor e viu Clara ao lado sorrindo, de mãos dadas com Guilherme. Ela moveu os lábios, disse alguma coisa em silêncio, e ele achou que fosse algo como "relaxe". Estava deslumbrante. Uma mulher propriamente dita. Seu peito se encheu de orgulho. Lucas, do outro lado, se mexia bastante, e Henrique achou que fosse pelo incômodo de usar aquele tipo de roupas. Ele mesmo não estava acostumado.

Reparou que Susan estava distante, mas presente. Fred também, mas do lado oposto. A igreja estava bastante cheia, decorada com rosas vermelhas. A diretora do colégio estava na terceira fileira e, solteirona como era, chorava antes mesmo do casamento começar. Ainda viu várias amigas de Sophia, para as quais ele deu aula. Toda a formação original do clube de Filosofia estava ali.

Respirou fundo e passou a mão pelo cabelo mais uma vez. Ouviu o riso de Clara. E foi a última coisa em que prestou atenção, pois em seguida os quatro homens portando trompetes começaram a tocar uma emocionante marcha nupcial. Os convidados todos se levantaram, viraram-se na direção da enorme porta de madeira. Esta, por sua vez, se abriu, e a dama de honra – uma prima de Sophia, de apenas seis anos – entrou jogando pétalas de flores no chão. Alguns passos atrás, Sophia, ao lado do pai, num vestido sem alça, longo, mas sem cauda, com detalhes brilhantes formando uma flor que delimitava o busto. Os olhos grandes e amendoados ressaltados. O verde deles brilhando por toda a igreja. O cabelo negro como a noite lá fora, também brilhando como se nele houvesse pequenas estrelas, os enfeites muito bem utilizados, prendendo os cabelos que já passavam do ombro. Ombros, aliás, brancos feito leite, expostos e com aparência macia, suave. E o sorriso enorme, a felicidade escrita em todos os detalhes de sua expressão. Como se absolutamente tudo fosse perfeito.

Os olhos de Henrique marejaram. Não porque se lembrou do pouco tempo que restaria a ela, mas por estar ali, por ter Sophia para ele, por ser ele naquele altar, e ela no tapete vermelho, caminhando em sua direção. A Sophia, inalcançável. Sua menina, sua aluna. Linda, deslumbrante, e em minutos, sua esposa.

Carlos beijou a mão da filha. Tinha os olhos vermelhos, e quando a entregou a Henrique, deixou uma lágrima rolar e seu lábio tremeu. Sophia beijou a testa do pai e murmurou um "obrigada". Então se voltou a Henrique, olhando-o nos olhos com todo amor que cabia no mundo.

Eu, narrador, que também estava lá, posso dizer que foi a cena mais tocante já assistida. Para todos. Para mim, para Susan, para Fred. Para George, e até para o padre, que, inicialmente, achou um horror que um homem de quarenta aos se casasse com uma menina tão jovem. Mas, em seguida, até sua fala fraquejava diante do olhar perfurante que Henrique e Sophia trocavam. Sem piscar, sem desviar um segundo. Eles sorriam e olhavam um para o outro como se fossem morrer na sequência, e quisessem morrer com a imagem do outro na cabeça.

E quem quer que tivesse dúvidas daquele sentimento, naquele momento se emocionava e desejava poder provar um pouco daquilo ainda em vida.

– Senhor Henrique Loire, viestes aqui para celebrar o vosso matrimônio. É de vossa livre vontade e de todo o coração que pretendeis fazê-lo?

– Sim.

– Senhora Sophia Julies, viestes aqui para celebrar o vosso matrimônio. É de vossa livre vontade e de todo o coração que pretendeis fazê-lo?

– Sim.

–Vós que seguis o caminho do matrimônio, estais decididos a amar-vos e a respeitar-vos, ao longo de toda a vossa vida?

– Sim – respondeu Henrique.

– Sim – disse Sophia.

– Uma vez que é vosso propósito contrair o santo matrimônio, uni as mãos direitas e manifestai o vosso consentimento na presença de Deus e da sua Igreja.

Sophia e Henrique deram as mãos. Ele percebeu que ela tremia. Diante dessa demonstração tão clara de sentimento, ele também fraquejou e tremeu.

– Os noivos vão agora realizar seus votos – disse o padre.

Henrique e Sophia fizeram questão de escolher uma igreja que aceitasse votos "personalizados". Não queriam passar pelo tradicional "até que a morte os separe". Também pediram para que o padre pulasse a parte do "Estais dispostos a receber amorosamente os filhos como dom de Deus e a educá-los segundo a lei de Cristo e da sua Igreja". Queriam que fosse perfeito, e não um lembrete de que não era para sempre.

– De tudo, Sophia, meu amor, serei atento. Antes, e com tal zelo, e sempre, e tanto, que mesmo em face do maior encanto, de ti se encante mais meu pensamento. Quero vivê-lo em cada vão momento. E em seu louvor hei de espalhar meu canto, e rir meu riso, e derramar meu pranto. Ao seu pesar ou seu contentamento. E assim, quando mais tarde me procure. Quem sabe a morte, angústia de quem vive. Quem sabe a solidão, fim de quem ama, eu possa dizer do amor, que não seja imortal, posto que é chama, mas que seja infinito enquanto dure.

A mãe de Sophia já estava com a maquiagem toda borrada pelo rosto, como se estivesse derretendo.

Sophia dava sinais que ia chorar, mas como ela raramente chorava, Henrique sabia que não passaria de ameaças.

Era a vez dos votos dela.

– Amo-te tanto, meu amor, Henrique. Não cante o humano coração com mais verdade. Amo-te como amigo e como amante, numa sempre diversa realidade. Amo-te afim, de um calmo amor prestante, e te amo além, presente na saudade. Amo-te, enfim, com grande liberdade. Dentro da eternidade e a cada instante. Amo-te como um bicho, simplesmente, de um amor sem mistério e sem virtude, com um desejo maciço e permanente. E de te amar assim, muito e amiúde, é que um dia em teu corpo de repente, hei de morrer de amar mais do que pude.

O padre ficou algum tempo ainda processando aquelas palavras. Muito provavelmente pensando na tristeza e no amor que nelas havia. Então, continuou a cerimônia:

– Confirme o Senhor, benignamente, o consentimento que manifestastes perante a sua Igreja, e Se digne enriquecer-vos com a Sua bênção. Não separe o homem o que Deus uniu.

No meio do sonoro "amém" que veio em seguida, Henrique pôde ouvir algumas vozes falharem. Ele desviou sua atenção por um momento e viu que muitas mulheres levavam lenços ao rosto. As amigas de Sophia, todas elas choravam muito. Buscou Susan e a viu sorrir levemente, com os olhos vermelhos. Até mesmo ela.

E eu, narrador desta história, devo dizer que as lágrimas já tornavam minha vista turva demais para ver o belo par de alianças que eles trocaram.

Eu sabia. Todos ali sabiam. Não havia uma única alma naquela igreja que não acreditasse que aquilo era real, que era um raro exemplo de um sentimento tão grande que pode ser visto nos olhos. Mesmo os parentes mais distantes, mesmo aqueles que até então achavam que havia algum tipo de truque naquele casamento. Porque a notícia da doença de Sophia ainda não tinha chegado a uma parte dos convidados, mas, durante a cerimônia, ela se espalhou e comoveu os que ainda não sabiam. E aqueles parentes, por parte da noiva, que achavam que Henrique era só um pedófilo, tanto quanto os parentes do noivo que achavam que Sophia era só uma jovem aproveitadora dando o golpe do baú, todos eles se comoveram e entenderam que aquele casamento seria, sim, eterno enquanto durasse. Mesmo que nada durasse. Aquele amor era uma chama que ardia e se via nos olhos de Henrique e Sophia.

Depois do casamento, houve a festa, na qual os dois dançaram conforme ensaiaram. "Esse é o dia mais feliz da minha vida", Sophia havia dito, no meio da valsa. Henrique confirmou.

Os dois passaram pela sessão de "parabéns". Henrique apertou a mão de homens que nunca tinha visto na vida e de outros que não via há algum tempo. E também de alunos, de primos. Um tio distante. Os pais estavam mortos, mas tinha uma avó por parte de mãe, já bastante idosa, que fez questão de ficar na fila para cumprimentá-lo.

– Ela é uma ótima menina – disse a senhora Helena.

Mais tarde, Henrique cumprimentou Lucas, e fez questão de abraçá-lo.

– Obrigado por não me deixar acabar tudo por impulso, Lucas.

– Obrigado por fazê-la feliz, professor.

Então Lucas abraçou Sophia. Um abraço desesperado, como se pudesse perder a amiga para sempre. Provavelmente era assim que se sentia. Ele começou a chorar, apertou mais o abraço e murmurou:

– Vai ficar bem, certo? Vai ser feliz.

– Vou, Lucas. Vou ser feliz.

Ele soluçou.

– Nunca vou te esquecer, Sophia, prometo.

– Obrigada, Lucas.

Em determinado momento, apareceram Clara e Guilherme. Após cumprimentar o genro, Henrique deu um longo abraço e um beijo no rosto de Clara.

– Parabéns, pai. Foi lindo.

– Obrigada, Clara. Agora quero ver o seu.

Ela sorriu, então foi abraçar Sophia, também a parabenizou.

Atrás de Clara veio Susan.

– Parabéns, Henrique. Jamais pensei que diria isso, mas... Fico feliz. Realmente feliz que tenha se casado com essa menina.

– Realmente, não esperava isso de você.

– Eu sei. Mas eu vi o quanto ela te ama. E o quanto você a ama. E eu te conheço, Henri. Eu te conheço demais pra não saber o quanto está feliz e certo do que está fazendo.

– Bem, obrigado então.

Susan então abraçou Sophia, desejou-lhe felicidades, e sumiu na festa. Henrique não chegou a ver Fred. Uma hora a fila de parabéns se dissipou e só sobraram os noivos e os pais da noiva. Carlos, por acaso, segurando um copo de cerveja, tocou o ombro de Henrique e o chamou para um canto. Henrique avisou Sophia que voltaria em breve e seguiu o sogro.

– Henrique, devo dizer que estou impressionado.

– Impressionado?

– Quando me disse que queria casar com Sophia, imaginei que fosse para que ela tivesse um motivo para não desistir. Claro que não falei nada naquela época, afinal eu não tinha nada contra isso. Só queria ver minha filha viva. Mas agora sei que não tinha nada a ver com simplesmente dar forças. Porque de nada mais adianta qualquer coisa e ainda assim você se casou com ela.

– Fico feliz que tenha mudado de opinião.

– Mas estou aqui pra te pedir um favor.

– Claro, qualquer coisa.

– Desde que Sophia nasceu, eu e Vivian temos guardado uma pequena quantia de dinheiro numa poupança, todo mês. Era pra Sophia ganhar isso assim que saísse da faculdade, pra começar a carreira, pra comprar sua própria casa, ou no que quer que ela quisesse investir. Quando nos falou que queria fazer medicina, achamos que cairia muito bem abrir seu primeiro consultório com o dinheiro. Mas... – ele se interrompeu, e claro que Henrique entendeu por que – devido às circunstâncias, isso não será possível. Então eu vou entregar esse dinheiro na sua mão, e eu quero que o gaste nesses últimos meses dela. Quero que a faça feliz. Que saiam a viajar pra qualquer lugar do mundo. Porém retorne pra que eu possa dar um último beijo... – e a frase finalmente minguou nas lágrimas – um último abraço na minha filha.

– Será como diz, senhor. Ahm... só um minuto.

Henrique se afastou de Carlos rapidamente e perdeu-se na multidão. Carlos ficou um tempo sem entender até Henrique voltar após uns dois minutos.

– Pronto, senhor.

– Posso perguntar o que foi fazer?

– Conversar com a diretora do colégio. Avisei sobre minha demissão. Para poder viajar com a Sophia.

# Capítulo 30

# Última estação

– Então, pra onde vamos?

Eles estavam parados em frente ao enorme painel que mudava constantemente, anunciando os voos que partiam e que chegavam. Era madrugada, então não havia muitas pessoas no aeroporto. A confusão começaria dali a duas horas, lá pelas cinco, seis da manhã. Então eles aproveitaram para olhar todos os destinos que havia disponíveis, assim, de última hora, sem o menor planejamento. O plano inicial era irem para o sul do país, onde fazia frio, apesar de não tanto assim naquela época do ano. Sophia tinha ouvido falar sobre uma festa de Natal bastante especial por lá, e as fotos comprovavam como era tudo muito lindo, com direito à neve artificial. Mas com o dinheiro que o pai de Sophia depositara na conta de Henrique, eles podiam ter as regalias de neve de verdade.

– Não sou muito criativa nem original – disse Sophia. – É bem óbvio.

– "Só sei que nada sei", ou quem sabe, "Onde não há lei, não há liberdade?".

– Grécia ou Inglaterra? Não. Sou mais óbvia. "*Cogito, ergo sum*".

Henrique sorriu. Os olhos miravam os lábios dela.

– Fale isso de novo.

– Por quê?

– Adorei a forma como disse isso.

– *Cogito ergo sum* – ela riu. – Ok, Henrique, agora vamos decidir.

– Você já disse. França então. Passar o Natal vendo a neve cair ao redor da Torre Eiffel completamente iluminada.

– E cantar ABBA.

Henrique começou a rir.

– Cantar ABBA?

– *Our last summer.* – Ela limpou a garganta e então cantou. – *We made our way along the river and we sat down in the grass by the Eiffel tower...*[3] Ora, vai dizer que não conhece!

– Eu conheço. Na verdade, fui obrigado a dançar isso nos tempos em que fazia sucesso. – Ele apontou um guichê. – Espero que ainda tenham passagens. Paris é muito requisitada nessa época do ano.

– Todos os lugares do mundo são.

– Espere aqui, vou comprar as passagens.

Henrique ficou feliz em saber que apesar de todas as passagens de classe econômica tivessem sido vendidas até o Ano Novo, havia algumas poucas extorsivas passagens da classe A.

Ele sabia que era loucura o que estavam fazendo. Ir para um país bastante requisitado por turistas, nessa época do ano, sem reservar hotel, sem conhecer absolutamente nada e dependendo do francês enferrujado que tinha feito na faculdade. "Oh, Deus, sei mais latim do que francês".

Mas, eles foram. Embarcaram lá pelas três da tarde do dia 22 de dezembro. Aproveitaram as poltronas superconfortáveis. Aproveitaram o chá da tarde que jamais receberiam caso viajassem na classe econômica e riram disso.

---

3 Trecho da música "Our last summer". Tradução da autora: "Nosso último verão (...) nós passeamos pelo rio e sentamos na grama perto da Torre Eiffel..."

Assim que pousaram, entraram num táxi e pediram para que ele os levasse a qualquer hotel que desconfiasse ter vagas. Pela cara do taxista, iam rodar por um bom tempo.

Enquanto isso, Sophia tinha os olhos pregados na janela. Fazia frio, muito frio. Ela estava excessivamente agasalhada para evitar um resfriado – que poderia levá-la muito antes da hora –, mas sorria e exibia os belos e grandes olhos verdes. Apontava prédios, casas. Seu sorriso brilhando, segurando a mão dele e mostrando as coisas mais bonitas que via.

– Conheço um hotel que pode ter vagas, mas não garanto nada – disse o taxista, em inglês quase incompreensível devido ao sotaque francês.

Henrique pensou no que faria se não encontrassem vagas. Iam ter de ir para alguma cidade vizinha ou algo assim. Mas não se preocupou com isso no momento. A felicidade de Sophia era o que mais lhe atraía.

Após quarenta minutos no carro – e muitos euros para o taxista – eles pararam em frente a um hotel pequeno, numa rua de paralelepípedo, lembrando muito a década de trinta. Sem garagem, só um conjunto de casas praticamente iguais se estendendo por toda sinuosa rua.

Henrique desceu, pediu que o motorista esperasse, e foi com Sophia até o hotel – mais para uma pousada – perguntar se havia vagas. Foi obrigado a forçar seu francês, já que a dona não falava uma palavra de inglês – e ainda ficara irritada quando tentou conversar com ela na língua da nação "rival". Ela avisou que tinham ainda um quarto, mas de casal. E disse isso como se lamentasse.

– Seria perfeito.

A mulher olhou para Henrique e então para Sophia. Deu uma risadinha.

–Vou precisar do documento da menina.

Henrique não soube evitar seu riso. No Brasil a mulher teria dito "aqui não é um motel", com certeza.

Feito o *check-in*, Henrique saiu para pegar as malas no táxi e agradeceu o serviço. Enquanto isso, Sophia subia para o quarto.

Henrique imaginava que depois que a alta temporada acabasse, ia ficar mais fácil achar um hotel que Sophia pudesse aproveitar mais. Tudo acabou acontecendo de última hora, então por enquanto aquele lugar serviria. Não era ruim, nem de longe. Era aconchegante e familiar. Mas esperava poder oferecer mais à esposa.

No entanto, quando subiu ao quarto e viu Sophia na janela, olhando a beleza da cidade ao entardecer, percebeu que nada disso importava para ela. Era cinco da tarde do dia 23 de dezembro. Já fazia dois dias que estavam casados. Estavam em Paris, e passariam o Natal vendo a neve cair em frente à Torre Eiffel. Emocionado, Henrique a abraçou por trás, beijou sua nuca e tudo estava perfeito.

Mais tarde naquele dia, eles decidiram chamar um táxi para jantar fora. Ele fez questão de levá-la a um restaurante muito sofisticado. Sophia não se cansava de sorrir. Eles beberam champanhe e comemoraram a beleza da Cidade Luz, completamente iluminada. Ainda naquela tarde, Henrique decidiu alugar um carro, para não dependerem mais dos taxistas, e assim foram até o museu do Louvre, mas não chegaram a entrar. Decidiram fazer uma triagem na cidade antes de escolher a quais pontos turísticos iriam. Então, no caminho, decidiram passar pela Champs-Élysées.

– As ruas aqui são tão largas – disse Sophia, no caminho.

– Sabia que algumas delas são largas assim pra evitar revoltas? Os manifestantes geralmente construíam barricadas para obstruir o caminho das autoridades, então fizeram ruas largas desse jeito por isso – disse Henrique.

Passaram pelo Obelisco de Luxor, e Sophia pediu para parar e tirar uma foto. Já estavam na Champs-Élysées. Eram quase nove da noite e o frio começava a ultrapassar as roupas pesadas dos dois. Todas as árvores que margeavam a avenida estavam decoradas para o natal, iluminando a rua até o Arco do Triunfo. E passando por ele, Henrique sentiu-se maravilhado. Havia milhares de turistas ali, com a mesma cara embasbacada que a dele. Enquanto isso, Sophia sorria e tirava várias fotos.

Do outro lado do arco do triunfo, a famosa roda-gigante que brilhava no Sena. Henrique achou um jeito de parar o carro depois que Sophia finalmente o convenceu de sair no frio de -2°C, prometendo manter o gorro que ele comprara para ela na última parada. E então eles foram até a roda-gigante.

Do alto, conseguiam ver a torre Eiffel, imponente observando os casais em clima de Natal, passeando sob a abóbada celeste, que ameaçava cobrir de neve os enfeites natalinos das ruas. Conforme a roda-gigante se movimentava, Henrique se sentia mais e mais feliz, e mais certo de que nada ali lhe encantava mais que os olhos de Sophia. Eles brilhavam agora, refletindo as luzes que emanavam da roda-gigante e de toda a cidade. Faziam valer seus votos de casamento, que prometiam estar em face do maior encanto e ainda assim, pertencer a ela seu pensamento.

Eles só voltaram para o hotel lá pelas duas da manhã quando dormiram aconchegados, fugindo do frio sob as cobertas, felizes e de mãos dadas.

No dia de Natal propriamente dito, eles acordaram cedo e foram tomar café à beira do rio Sena. Comeram os melhores *croissants* de suas vidas, com *cappuccino* decorado como uma obra de arte. Nevou o dia todo, de forma que, à noite, quando se sentaram no gramado em frente à Torre Eiffel, já não se via grama.

Apenas um enorme tapete branco, que refletia as infinitas cores da decoração de Natal mais bonita do mundo.

Eles ainda aproveitaram Paris até pouco depois do Ano Novo, que passaram tentando chegar ao Arco do Triunfo, sem sucesso, pois as ruas estavam lotadas. De qualquer forma, ele a beijou na virada do ano, parados no meio da Champs-Élysées como tantos outros turistas, fazendo valer cada segundo de vida.

Na primeira semana de janeiro eles decidiram ir até o Palais des Sports, recomendado pelo guia turístico. A peça em cartaz era *Mozart L'Opera Rock*, da qual nem Henrique nem Sophia tinham ouvido falar. Mas parecia ser bastante famosa, já que estava em cartaz há mais de um ano. Decidiram ver, apesar de Henrique não entender francês muito bem e Sophia absolutamente nada. O que fosse possível ele traduziria para ela.

A peça tinha duas horas de duração. Apesar de não entender nada, Sophia riu, se emocionou, tentou cantar junto. Tratava-se de um musical muito bem feito que narrava de forma pop a vida de Mozart, interpretado por um rapaz loiro com muita maquiagem.

Henrique sentiu o coração doer numa música denominada "Dors mon ange". O pouco que entendeu foi o suficiente para lhe arrancar algumas poucas e geladas lágrimas. Sophia lhe perguntou o que havia acontecido, mas ele preferiu não traduzir a música para ela. Falava sobre o ser amado, transformando-se num anjo, dormindo para sempre, indo para o céu, onde a vida é mais doce.

*Le temps pansera ma douleur.* [4]

O belíssimo espetáculo se encerrou com uma última música, na morte de Mozart. Henrique a traduziu como pôde para

4 Tradução da autora: "O tempo curará minha dor."

Sophia, tal como todas as demais, e só percebeu o quanto ela fazia sentido depois que se encerrou e viu Sophia com os olhos vermelhos.

"Vivre a en crever" falava da morte do personagem Mozart. Falava sobre partir desta vida, cheia de desejos passageiros, de medos e lágrimas. Acima de tudo, falava sobre aproveitar esta vida ao máximo, por mais dolorosa que seja, por mais que a dor seja inevitável.

*S'il faut mourir. Sur nos steles, je veux graver que nos rires. Ont berne. La mort et le temps.*[5]

Ao fim do espetáculo, Sophia aplaudiu com lágrimas nos olhos. Henrique, chorando sem mudar muito a expressão, emocionado. Então a abraçou forte, a beijou. E ela disse em seu ouvido:

– Se vou morrer, em minha lápide quero gravar que meu riso enganou a morte e o tempo.

Depois da França, Henrique e Sophia foram para a Alemanha. Dessa vez ficaram num grande hotel, e passaram um tempo planejando tudo o que fariam. Passaram por Berlim, Frankfurt, Monique, Hamburgo, Hanôver e o belíssimo Palácio da Ópera, Dresden e Stuttgart, com os museus da Porche e da Mercedes-Benz.

E, claro, que depois foram até a Itália. Comeram a verdadeira pizza italiana e descobriram que preferem a variedade absurda de sabores do Brasil. Visitaram incontáveis museus e muitíssimas igrejas. Passaram por Roma e o Coliseu. No Vaticano, foram até a Basílica de São Pedro, que era absurdamente grande.

Lá dentro, apesar da grande quantidade de turistas, Henrique conseguiu encontrar alguma paz. Sophia ficou admirando o inte-

---

5 Tradução da autora: "Se vamos morrer, em nossas lápides eu quero gravar, que nossos risos enganaram a morte e o tempo."

rior, e identificando as referências que se lembrava da leitura de *O Código Da Vinci*, enquanto Henrique ajoelhara-se num banco, rendido à sua fé católica pouco manifestada.

Henrique rezou, é claro. Em silêncio, de cabeça baixa, ele fez a única prece realmente de coração desde o dia em que Susan quase abortara Clara. Não pediu pela cura milagrosa de Sophia. Pediu apenas tempo. Mais tempo ao lado dela, e não disse o quanto. Sabia que se Ele quisesse dar-lhe mais dias ao lado do amor de sua vida; daria o suficiente.

Depois do *tour* museu-igreja-castelo que fizeram na Itália, foram para a Grécia. Já era o começo de fevereiro e os pais de Sophia começavam a dizer durante os constantes telefonemas que já sentiam falta demais da filha, e chegaram a pedir que voltassem. Sophia negou veementemente, mas chorou de saudade também.

O que dizer de um professor de filosofia completamente apaixonado pela matéria e por matemática que vai até o palco de criação e maior desenvolvimento de ambas as artes? Henrique estava em seu paraíso particular.

Sophia também aproveitou a incrível aula de filosofia que Henrique lhe deu. Ali, no berço de tudo. Ela fazia perguntas, tentava sugar o máximo de conhecimento que podia. E ele filosofava, apaixonado por tudo aquilo. Falava da educação, da forma como as aulas eram dadas. De como tudo era mais como uma palestra, e de como ele gostaria que fosse assim até hoje. Sophia achava que Henrique por vezes sentia-se preso naquele sistema educacional.

Na Inglaterra fizeram um passeio mais jovem, focado na música. Sophia continuava tirando fotos e pedindo para estranhos tirarem fotos dos dois em todos os principais pontos turísticos da Europa.

Depois Espanha, para comprar roupas caras. E estavam em Madri, num hotel enorme, quando Henrique levantou-se antes dela, o que raramente acontecia.

Ela já havia despertado, mas permanecera deitada. Ele foi tomar banho. Iam visitar o Palácio Real depois do café da manhã.

Quando ele saiu do banho, ela ainda estava deitada, olhando para o teto. Só desviou os olhos quando ele abriu a porta. Piscou, deu um sorriso leve e disse:

– Não me sinto muito bem. Podemos voltar pra casa?

# Capítulo 31

# Respirar

A partir de algum momento dessa história toda, Henrique se esqueceu que tudo ia acabar. Em algum momento ele sentiu que a alegria nos dois era tão grande que não cabia no curto espaço de tempo prometido à Sophia. E ela parecia tão bem e tão viva que talvez o câncer tivesse tido pena da tão doce menina. Talvez fosse pecado tirar a vida de uma pessoa como ela. Tinha de ser. Não podia ser natural arrancar uma garota de vinte anos do mundo, com tanto ainda a fazer. Tirar-lhe o direito de ter filhos, de ser chamada de mãe.

A vida, no entanto, não é justa. E a maior tentativa de acertar as coisas foi permitir que ela fosse feliz em seus últimos momentos.

Estavam no quarto do hospital, os pais de Sophia e Henrique. Ele, deitado ao lado dela na cama. Havia uma palidez sobrenatural no rosto da menina. Mas havia também um sorriso. Um sorriso que representava todos os momentos lindos que nem todos têm a chance de ter na vida. Encontrara a pessoa amada, e morreria amando-a. Viajara por toda a Europa, tinha sido feliz. Não havia por que se desesperar. Ele sabia que Sophia não ia chorar. Não ia se agarrar à vida ou prolongar seus momentos. Não havia mais nada para ser feito. Nenhuma palavra não dita. Nenhum sentimento sem sentir. Apenas sua respiração lenta, seu coração vagaroso, já com preguiça de espalhar o câncer por todo o corpo.

Também não sentia dor. Sophia estava afundada nos travesseiros que se confundiam com sua pele. A cabeça apoiada na curva do pescoço e do ombro de Henrique, respirando baixinho. Ela sorriu para ele, tanto quanto pôde. Então sorriu para os pais. A mãe chorava abraçada ao marido. E Henrique se lembrou do quão forte Sophia era. Lembrou-se de sua maturidade, de suas atitudes, de seus sorrisos. Lembrou-se de dela pulando na cama, tão viva, tão forte. E, agora, ela ia embora, aos pouquinhos, suave, delicada. E ele tremia. Chorava, e limpava os olhos sempre que possível. Ouvia sua respiração com pesar. Cada vez que ela inspirava, temia ser a última.

Eles haviam passado a noite toda acordados, ao lado dela. Durante a última semana, o médico fez um exame e concluiu que ela só tinha mais alguns dias. Intensificou a dose dos remédios que mascarariam a dor, o cansaço. Mas, no fim, não havia mais nada para ser mascarado, e ela já não conseguia andar.

Exatamente três anos depois de um simples erro, três anos depois de um relógio duas horas adiantado fazer Sophia ser pregada na mente de Henrique e ir parar no hospital com uma torção no tornozelo, ela tocou a face dele. Os pais dela se aproximaram. A mãe caiu ajoelhada ao pé da cama, engasgando-se com o choro, segurando a mão da filha única, seu aperto cada vez mais não recíproco.

– "Bom dia, amigo". – Ela respirou fundo. – "Que a paz seja contigo". – E ele reconheceu Vinícius de Moraes imediatamente. – "Eu vim somente dizer que eu te amo tanto..." – ela sorriu e limpou as lágrimas dele. – "Que vou morrer. Amigo... Adeus."

Aqueles imensos olhos, os infinitos olhos verdes brilhantes de Sophia encararam Henrique sem piscar, sem chorar, pois Sophia não chorava. Havia neles um sorriso e uma gratidão. Havia uma garota apaixonada, uma adolescente da qual o mundo esperava demais. Havia neles Sophia. E no instante seguinte, como uma luz que se apaga, seu brilho se tornou opaco, e ele soube que naqueles olhos já não havia mais nada.

# Capítulo 32

# Lembre-se

Henrique passou três meses se recuperando.

Por vezes acordava sem vontade de se levantar, ou mesmo de viver.

Era nesses dias que ele segurava a aliança no dedo e lembrava--se do casamento e de todos os momentos que teve em seguida.

Era nesses dias que ele tinha aquela sensação de frio no estômago, que virava uma dor quando percebia que Sophia já não mais existia senão dentro dele.

No funeral, ele caiu no chão tão logo abriram o caixão.

Ela dormia.

Ela não estava morta.

Não, Sophia não morre. Jamais. Sophia só dorme. Dorme como o anjo que era. Serena, pacífica, madura. Imortal.

Lucas foi retirado de lá por duas pessoas, pois entrou em crise e queria desesperadamente ir com ela.

Henrique também.

Sophia.

Sophia, dos olhos imensamente verdes. Dos cabelos negros, da pele excessivamente branca. Da maturidade, das vontades, dos desejos. Dos sorrisos sem riso, do sofrer sem lágrimas. Que tantas amigas tinha, que tão jovem era. Todos a amavam, e agora todos choravam.

E o que fazer agora?

O que fazer senão acordar, perceber que ela já não mais estava ali, nunca mais estaria, o que mais fazer senão chorar dia após dia, incapaz de tirar aquela sensação de dor do peito.

Sophia desaparecera do mundo, e talvez um pedaço desse mundo tenha ido junto. O pedaço que representava o chão para Henrique.

Às vezes ele gritava. Gritava para tentar botar aquela dor para fora. Às vezes ele a procurava, inconsciente. Ou colocava dois pratos na mesa, só para sofrer mais quando entendia que ela não sentaria mais ali.

Saudade!

Saudade da pouca vida que tiveram, saudade até mesmo das desconfianças, do medo de ela não o amar. Saudade dos planos de ter um filho. Ela seria uma ótima mãe. Saudade do futuro traçado.

E após esses três meses sem saber o que fazer consigo mesmo, ele finalmente conseguiu juntar coragem o suficiente para voltar a dar aula. A diretora o aceitara de volta no mesmo colégio. Perguntou se ele estava bem, e ele mentiu que sim. Então, Henrique pegou a mesma maleta, os mesmos materiais, e voltou para a mesma escola, a mesma sala. Passando todos os dias na frente do mesmo prédio. E por um tempo tudo correu bem. Nem ousou reiniciar o clube de filosofia. Não ousava ir muito fundo nas memórias. Queria mantê-la viva dentro de si, mas não queria se remoer pelo resto da vida. A parte boa ia ficar, sobre isso não havia dúvidas.

Um dia, porém – e isso, eu, narrador, sei porque meu irmão começou a estudar nesse colégio e presenciou essa cena –, Henrique cedeu.

Ele abriu a maleta e pegou as provas corrigidas para entregar aos alunos. Um deles reclamou de não ter recebido a sua. Então ele começou a vasculhar a maleta, procurando pela dita prova.

Foi nisso que ele achou um papel amassado. Ao abri-lo, as lágrimas brotaram sem que conseguisse dar conta de secá-las. Seu rosto se encharcou e os alunos não souberam o que fazer diante dessa cena. Permaneceram em silêncio enquanto o professor, frio, que tanto debochava, que expulsava alunos da sala com a facilidade de um mover de dedo, se debulhava em lágrimas até pedir para sair da sala, cambaleando.

Meu irmão foi quem se levantou e pegou o tal papel. Ele o copiou e o trouxe para casa, por saber que eu conhecia a história daquele professor, por saber que eu havia sofrido junto. E hoje, eu, Lucas, lhes digo o que estava escrito:

*Sophia não canta*
*Sophia só fala*
*E pouco fala*
*Mas encanta*
*Adoça minh'alma*
*Quando fala*
*Mas pouco fala*

*Sophia não chora*
*Sophia só sofre*
*E pouco sofre*
*Embora não chore*
*Minh'alma amarga*
*Quando sofre*

*Sophia não ri*

*Sophia só sorri*
*Mas mesmo por isso*
*Faz minh'alma rir*
*De imaginar seu riso*

*Sophia! Sophia!*
*Mas Sophia não ouvia*
*Sophia só sofria*
*Sofria de amar*

*Sophia se soubesse*
*Como minh'alma aquece*
*Só de te olhar*

*Sophia riria e cantaria*
*E choraria só de alegria*

*Sophia de minh'alma*